靴のおはなし 1

◆

千葉 聡
広瀬裕子
大竹昭子
近藤良平
いしいしんじ

◆

もくじ

装丁・装画　黒木雅巳

忘れ靴クラブ

千葉 聡

1

どれでも一冊買ってあげるよ、と言ったら、姪の真由香は、『十歳は初恋のシーズン』という本を選んできた。

「小学四年生で初恋なんて、早すぎない？」

「早くないよ！　クラスの女子は、みんな読んでるよ」

真由香の言うとおりかもしれない。その本は、子ども向け文庫の一冊らしく、本文もわりと大きな字だった。

「真由香は、好きな子とかいるの？　同じクラスの男子とか」

「そういうことには、答えたくありません」

レジのお兄さんにカバーをかけてもらった本を胸に抱いて、真由香はわざと真面目な顔をしてみせる。夏休みに入ったばかりの大型書店はクーラーが効きすぎている。

駐車場まで歩く。真夏の日射しのせいで、道は白い。街路樹の影は小さく、黒々と見える。

「たっくんの初恋は何歳のとき？」

ふと真由香が攻撃をしかけてきた。真由香が生まれたとき、僕はまだ二十代だった。兄貴に「姪が生まれたら、その子には『叔父さん』なんて呼ばせない」と言い張っていたら、兄貴の嫁さんの葉子さんが「じゃあ、『たっくん』と呼ばせるね」と笑ってくれた。

葉子さんは僕のことを「たっくん」と呼んでいた。だから真由香は母親の口ぶりを真似て、僕を「たっくん」と呼ぶようになった。四十になろうという男が「たっくん」だなんて、世間的には変かもしれない。たっくんは、真由香からすっかりなめられていて、まだ結婚もしていない。

車を走らせる。すぐに海沿いの通りに出る。真由香は目を細めて海を眺めながら、僕の答えを待っている。

「初恋は、高校に入ってすぐだったかな。好きになったのは、吹奏楽部でクラリネットを吹いていたマミコちゃん」

「それで、告白とかしたの？」

「告白か……。そういうことには、答えたくありません」

真由香は怒って僕の肩にパンチした。わざと痛がってみせると、真由香はいかにも小学生らしく豪快に笑った。

「真由香さん、気に入らない答えが返ってきても、暴力に訴えてはいけませんですのよ」

僕は『小公女セーラ』のミンチン先生になってみた。

「谷岡拓海《たくみ》さん、わたくし、そんなことなど分かっておりますわ」

すぐに合わせてくれる。さすが、我が姪。

「じゃ、真由香は、気に入らない答えには、どういうふうに対応するのがいいと思う？」

「前川先生はね、『誰かが変なこととか悲しいことを言ったときには、そうだね、そういうこともあるよ

ね、と聞いてあげるんだよ』って言ってた。そういうふうに受けとめると、その子を助けてあげられる
んだって。前川先生は大人だね。大人の考え方だよね」

　前川先生というのは、小学校でいちばんのイケメン先生だという。もしかしたら真由香は前川先生に恋をしているのかもしれない。真由香の横顔が大人びて見えたので、僕は「もしかして前川先生が好きなんだな?」なんてツッコミは入れずに、うなずきながら言った。

「そうだね。そういうこともあるよね」

　真由香もうなずいて、道のずっと先を見ていた。

　海から離れると、もう横浜だ。小高い丘に向かう途中で、ふと思い出した。

「このあたりは、昔ちょっとだけ住んでいた町の近くなんだ」

　住んでいたといっても、ほんの一時期だけ。ここを通るまで、すっかり忘れていた。

「住んでいたのは、たっくんとお父さんが小さかったころ?」

「今の真由香ほどちびっ子じゃないよ」

　すかさず真由香パンチ! たっくん、また痛がってやる。

「たしか兄さんも僕も中学生だった。父さんの仕事の関係で、このあたりに引っ越してきたんだ」

「そのころ住んでいた家を見に行こうよ」

「その家は、もうないよ。今は立派なマンションが建ってるはず」

「じゃ、思い出の場所は? 何かあるんじゃないの?」

「中学校は今もあるんじゃないかなぁ」

　真由香は「じゃ、その中学校へ行ってみよう」と言った。それで決まりだった。

2

　初めて見たとき、それが靴だとは思えなかった。白い猫がうずくまっているのかと思った。

　僕は中学一年生。夏休みに入ったばかり。

　四月の初め、埼玉から横浜に引っ越してきた。父はある企業の研究員。こっちの研究所で「長」がつく仕事を任されたらしい。

　横浜のその中学校は、当時、かなりの大規模校で、大きな職員室が二つ、音楽室は三つ。休み時間の廊下は、渋谷のスクランブル交差点だった。

　クラスにも慣れ、友達もできたが、夏休みに入ると心の底からホッとした。そして、夏休み最初の一週間は、補習授業。希望者は参加しなさい、という緩いプログラムだ。僕は午前中、英語の補習に出ることにした。

　補習の最終日、先生が「今から出張なんだ」と言って、早く終わった。昇降口で靴に履き替えていると、下駄箱の向こうから声がした。

方だけの。

「うわー、デカいなぁ」

五、六人の生徒が、白い猫らしきものを囲んでいる。よく見ると、それは大きな靴だった。しかも片方だけの。

「これ、誰の？」

白い運動靴。元は白かったのだろう。今は薄汚れていて、誰かがちゃんと履いていた証をたてている。その中にいた女子が、その靴をひょいと拾い上げた。

「サイズは、30・5だって。誰のか分かる？」

誰も心当たりはなかった。「そんな足のデカいやつ、いるのかよ！」と笑う男子がいた。みんなも笑った。靴を拾い上げたのは、僕のクラスの女の子だ。本名は美月か、美紀か。女子たちは、彼女を「ミッキー」と呼んでいた。目が大きく、キャッキャと笑う子だった。僕は、遊び仲間の男子の名前はすぐに覚えたが、女子は苦手だった。

「誰も知らないんだね。じゃ、あたし、他の人に聞いてみる」

そこで僕は「あっ」と言いそうになった。ミッキーは大きな靴を、自分のかばんのように胸にかかえたのだ。普通は、他人の靴なんて触ることさえ嫌がるものじゃないだろうか。

そのとき僕は変な顔をしただろうか。何か彼女の目にとまるようなことをしただろうか。なぜかミッキーは僕に声をかけてきた。

「谷岡くん、暇だったら一緒に来てよ」

3

ミッキーは体育館へと歩いていった。バスケ部が練習しているだろう。その中にはきっと背が高くて、足の大きな子がいるはず。僕は初めてミッキーに声をかけられ、しかも名前まで覚えられていて、きょとんとした顔のままついていった。

「誰かー、この靴を落としませんでしたかー」

ミッキーは体育館の半開きの扉から頭を突っ込んで、叫んだ。中ではバスケ部が、何やら叫びながらシュート練習をしていた。体育館は、体育館独特の古びた臭いがする。その中に、なぜか雨上がりの地面のような汗の匂いが混じっている。

「誰かー、この大きな靴、誰のか知りませんかー」

ミッキーは靴を高々と上げて見せた。それでも誰も答えてくれない。

副顧問の女の先生がやってきて、「私が預かって、あとで聞いてみようか?」と言ってくれたが、ミッキーはきっぱり断った。

「いえ、いいです。自分で探してみます」

ミッキーは、そのまま立ち去ろうとしたが、急に振り返り、先生にお礼を言うと、また体育館の中に頭を突っ込んだ。

「練習中、すみませんでしたー」

さっきより大きな声だった。

4

ミッキーは振り返って僕を見たりせず、ずんずん進んでいった。校舎内に入り、職員室に着いた。

「失礼します。この靴を落とした人が来ませんでしたか？」

誰も答えてくれない。先生は五人しかいなかった。机や本がいつもより大きく見える。

「すみません。どなたか、靴のサイズが30・5センチの生徒を知りませんか？」

ミッキーはもっと声を張り上げた。本を読んでいた男の先生が顔を上げた。

「そんなに足がデカい生徒がいるかな？」

先生はこっちへ歩いてきた。ミッキーは靴を差し出した。

「こういう靴は、大人は履かないな。それにこの汚れ方は、生徒に違いない。靴底にはグラウンドの砂がついているし……」

シャーロック・ホームズも同じように考えただろう。先生はメガネをひょいひょいと上げたり下げたりしながら靴を眺めた。

「よく持ってきてくれたな。じゃ、こっちで預かろう。そこに入れておいてくれ」

　先生は部屋の隅の段ボール箱を指さした。そこには靴、体育館履き、体操着などがごちゃごちゃと入っている。どう見ても、新しいものには思えない。この箱に入れられて、何年が経過しただろう。

「いえ、いいです。自分で持ち主を探します」

　ミッキーはピョコンとおじぎしてから職員室を後にした。僕も同じように頭を下げ、ミッキーを追った。

5

「谷岡くん、持ち主はなかなか見つからないね」

　二人は、この靴が落ちていた昇降口に戻ってきた。

「なんで僕の名前を知ってたの？」

「だって、谷岡くんでしょ？　先生もみんなも、そう呼んでるじゃん。同じクラスにいたら、普通、覚えるよ」

「なんで僕に『一緒に来てよ』なんて言ったの？」

「だって、あのとき、みんな笑ったでしょ？『デカい』とか言いながら。笑わなかったのは谷岡くんだけだったから」

「なんで自分で持ち主を探そうとしてるの？　こんな面倒なこと、先生に任せればいいのに」

　ミッキーは声をたてて笑った。

「なんか、これって『なんで大会』みたいだね」

「何、それ？『なんで大会』って変じゃん」

　僕もなんだか笑ってしまった。ミッキーも、もっと笑った。

「大きな靴って、普通の靴屋さんじゃ、なかなか売ってないんだよ。だから、この靴の持ち主は、すごくすごーく困っていると思ったんだ。それに、運動靴を片方だけ落とすなんて、何かとっても大変なことがあったんだと思うし。やっぱり、持ち主を探してあげたくなっちゃうじゃん。先生に預けても、あんな段ボールに入れられて、そのままゴミになっちゃうかもしれないでしょ？」

　僕はもう一つ「なんで」を言いたかった。「なんで他人の靴を手で持てるの？　汚いと思わないの？」と聞きたかった。でも、なぜか僕が言うより先に、ミッキーは話してくれた。

「あたしも、足がデカいんだ。見てよ」

　彼女は自分の上履きを片方脱いで、僕に差し出した。そこには「26・0」と書いてあった。

「ね？　女子にしては大きいでしょ？　うちの家族はみんな、背は高くないのに足だけ大きいんだよ。足が大きいと、いろいろ大変なんだよ。靴は注文しないと買えないし、男子用の靴を勧められることもあるし。気に入ったデザインの靴は手に入らないし。あたし、今まで気に入った靴を履いたことが、ほとんどないんだ。それに、足が大きいことを人には知られたくないと思って、ちょっと悲しくなったりするし。あたしには、足の大きな人の気持ちが分かる。だから、この大きな靴の持ち主をだいじにしてあげたいと思ったんだ。変かな？」

ミッキーは一気に話した。僕はうなずくしかなかった。ミッキーは話すだけ話してしまうと、微笑んだ。

「谷岡くんって、いいやつだね。今日はありがとう」

何もしていないのにお礼なんか言ってもらって、なんだか申し訳ない。

「いや、こっちこそ、ごめん」

「なんで謝るの？　変なやつ！」

そしてミッキーは大きな片方だけの靴を、自分の下駄箱に入れた。

「また今度、持ち主を探そうね。そうだ。念のため、貼り紙をしておこう」

ミッキーはノートを一枚破いて、「この前で大きなクツを拾いました。この中に入っています」と書き、自分の下駄箱の扉に貼った。

「じゃ、これで今日のクラブ活動は終わります。気をつけ！　礼！」

ミッキーは真面目に号令をかけ、頭を下げた。僕も下げた。

「これって、何クラブなの？」

「そうだよね。忘れものクラブ、かな？　いや、忘れ靴クラブかな？」

ミッキーはにんまり笑った。それが彼女を見る最後になるなんて、そのときは思いもしなかった。

6

その夏休みは、急に祖父母が遊びに来たりして、結構忙しくなった。部活に入っていない僕は、学校に行く用事もなかった。二学期になって、学校へ行くと、ミッキーの下駄箱の貼り紙は剝がされていた。そして、ミッキーはもういなかった。

担任の先生がミッキーのことを話している間、隣の席の女子が、後ろの席の女子に話していた。

「ミッキーね、病院の中の学校に転校したんだって。なんだか大きな病気にかかって、東京の病院に入ってるんだって。長く入院するみたい。お見舞いに行きたいな。でも東京じゃ無理かな」

僕が「クラスの女子」ではなく「ミッキー」として彼女に接したのは、あの日だけだ。あの日、彼女は元気そうに見えた。

あんなに目立っていたミッキーがいなくなっても、学校の日々は普通に過ぎていった。二か月もたつと、誰もミッキーの名を口にしなくなった。

体育祭とか合唱コンクールとか、いろいろな行事があったはずだが、僕は何一つ覚えていない。楽しかったことも、そうじゃなかったことも、たくさんあったはずなのに。そして僕も、父の転勤に伴い、二年生になる前にまた転校することになった。

7

「ここが、たっくんの通っていた中学校なんだね」

　職員室にいた先生に「卒業生なんです」と話して、少しだけ校内を見学させてもらうことにした。職員室の隅には、あの、なんでも入れられる段ボール箱が健在だった。

　校庭ではサッカー部が練習中。校舎は変わっていない。真由香と一緒に昇降口へ行ってみた。そう、ここだ。ここに大きな靴が落ちていたんだ。

「どう？　たっくん、懐かしい？」

　僕が答えずにいると、真由香はからかうように言った。

「中学生のころのたっくんは、まだ初恋も知らなかったんだよね。どんな悪ガキだったのかな？」

　そう、あれは初恋なんかじゃない。よく知らなかった女子と、たまたま一緒に行動した。それだけだ。アクシデントのようなものだ。

　そう、本当に初恋なんかじゃない。だって、今日までミッキーのことを忘れていたのだから。でも、僕の足は高校を卒業してからも大きくなり、30センチになった。こんなに大きくなったことが、嫌ではなかった。なんだか嬉しかった。もちろん自分の好みの靴を買うのは大変だったけど……。

　当たり前のことだが、すべてが過ぎ去った。古くなった靴は捨てられたり、どこかへ行ってしまったりして、また新しい靴がやって来る。いろいろなものが、別の何かにとって代わる。その流れの中で、あの白い片方の靴も、あの子も、どこへ行ってしまったのだろうか。思い出の中をさまよってしまう。気がつくと、真由香は僕をじっと見つめていた。

僕が何かを言おうと口を開くより前に、真由香は、こう言ってくれた。

「そうだね。そういうこともあるよね」

置き去りにされた靴から遠ざかるざわめき、ぬくもり、あの日の日射し

あたらしい靴

広瀬裕子

あたらしい靴

箱をあける。
あたらしい靴。
革のかおり。
手をのばし、そっと取りだす。
掌のなかで、息づく。
足をいれる。

日々のなか
旅の途中
石畳のうえ
草のかおり
上り、下り
いつものように。すこし速く。のんびりと。
わたしは、今日から、この靴と歩いていく。

足先のわたし

赤いペディキュアをするようになったのは、50歳になってからのことです。歳を重ねるというのは、しずかに毎日をつみ重ねていくことで、ふとした瞬間、自分の肌や髪に、すごしてきた時間を見いだすことがあります。

「ペディキュアをしよう」と思ったのは、そんなときでした。「やってみたい」と思っていたというのもあります。そう、やってみたかったのです。

その気持ちに気づいたのは、実際、足先が彩られたときのことでした。「そう言えば一度、赤いペディキュアをしてみたかった」と。

そうしてこなかったのは、やってみたいという気持ちと、気恥ずかしい思いが、何十年も行き来していたからです。「女性らしい」を超え「女性らしすぎる」と。

けれど、そんなことを考えなくてもいい年齢になったとき、気恥ずかしさが薄れていることに気づきました。肌も髪も若いころとはちがいます。以前は似合わなかったゴールドのアクセサリーが似合うようになり、わすれがちだったチークもわすれないようになりました。洗いざらしのTシャツはもう着ません。変化は、しばらく前からはじまっていたのです。

あたらしい色をぬるときは、不思議と気持ちが高揚します。「この色でお願いします」。深紅のちいさなビンを指さしたとき、何かがはじけたような気がしました。かたくなに思いこんでいた何かが、シャボン玉がはじけるように。

似合うかどうかわからなかった赤いペディキュアは、思った以上に似合っていました。「わたしらしい」と感じるほど。ふだん目にふれない部分は、その存在をわすれてしまいがちになります。いつもは、わすれている足先も、ペディキュアをすることで目がいくようになります。意識にあがるようになります。そこには、もうひとりの「わたし」がいるようでした。いえ。いままでもいたのです。でも、置いてきてしまっていた。もうひとりの素直なわたしを。

外出をして、帰宅し、靴をぬぎ、素足になる。目にするのは、赤いペディキュアが施された足先。ペディキュアをしたことで、わたしは、自分の足をよく見るようになりました。その足は、いままでともに歩いてきた足です。歩き、走り、ときに飛び、ステップを踏み。これからも、わたしは、この足で歩いていきます。

あの日の靴

東京に暮らし、勤めていた友人は、その夜、歩いて家を目ざしたそうです。何キロ、何十キロ。はじめて歩く道、見る景色。周りには同じようにそれぞれの家を目ざす人たちで、幹線道路はあふれていました。

ヒールを履いていた友人は、途中、靴を買いにお店へ寄りました。歩きやすい靴を手にするため。そして、その場で、いままで履いていたヒールの靴からあたらしい靴に履き替え、ふたたび歩きはじめます。そのとき、友人は、決めたそうです。「これからは、歩きやすい靴を履こう」と。

5年の歳月が流れ、わたしは、その話を聞きました。あの日、それぞれが、どんな一日をすごしたかを話していたときのことです。公共交通が止まり、情報が途絶え、地域によっては停電していました。落ちつかない気持ちで午後をすごし、辺りが夕闇につつまれたころ、わたしは家にあるロウソクというロウソクに灯りをともし、お湯を沸かし、心配を消すように紅茶をいれました。同じ時刻、東京にいた友人は、家にむかい歩きはじめたのです。渋滞している車と、人と。東京はいままで感じたことのない空気がただよっていたそうです。

靴を履き替えた友人は、足取りが軽くなったその瞬間「これでいい」と思ったと話してくれました。そして、歩きにくい靴を無理に履かなければならないようなことは「今日からやめよう」と。

あの日、あの日を境に、何が大切かというのをあらためて考えた人も多かったはずです。見えている世界が、そのままの世界ではないことに気づいた人もいたでしょう。話を聞きながら、わたしも、同じ気持ちになっていました。靴のことも、大切なことも、世界のこと、も。

わすれないでいようと思うことは、人生のなかで幾度もあります。けれど、ふっと意識が遠のくように、人はわすれてしまう。時間は、痛みをうすめてくれると同時に、大切な思いも消し去る力を持っています。それを理解したうえで「それでも」と、思います。わすれてもいい。わすれたら、また、上書きをすればいいのだから。

あの日、多くの人が、同じように、不安や、心配や、かなしみにつつまれました。だれかを思った人。自分の持ち時間に気づいた人。助け合った人。「大丈夫」というひと言の重さ。3月。春の気配がおとずれる季節になると、あの日のことを思います。あの日を思いだすと、春がやってきます。

走りたいように走ればいい

　このまま走っていたい。こどものころよくそう思っていました。走るのに理由はなく、走ることそのものに意味がありました。いつも見ている風景があっという間に後ろに流れていき、風を切る音が耳元をかすめます。目的なく走る。それが、どれほど気持ちいいのかを、こどものわたしは知っていました。

　やがて、人は、目的というものが必要なのを知ります。たとえば、走ることについても——。運動会のために走る、一番を目ざして走る、健康のために走る、授業だから走る。「走る」ということが、目的のための手段になるのです。ただ、ただ走る、というのは、ある一定の年齢になるとしなくなります。理由や意味がなければ、人は走らなくなるのです。

　身体は、その人より素直にできています。理由がなくても、目的がなくても、自由にのびやかにありつづけようとする。本来、自由でのびやかに生きることが身体の目ざすところで、それらしい理由は、ほとんどの場合あとからのつけ足しです。

そのことに気づいてから、理由なく、目的なく、身体を動かすようになりました。動かしたいから動かすのです。おどるように動かすときもあれば、走りたいように走るとき、スキップをするときも。ただ、ただ、そうしたいのです。

「こどものころすきだったことが、そのひとを形づくる」ということばを聞いたことがあります。こどものころは、自分が何がすきか、自分の人生に何が必要かを知っています。「すき」という感覚と「必要」ということがひとつになっているのです。大人になり、すきなことやりたいことがわからなくなったときは、幼いころを思えば、自分の人生に必要なものが、すでにそこにあったことを思いだします。

走りたいから走る。歩きたいから歩く。そこに行きたいから行く、ここにいたいからいる。もう、それでいいのです。風を切りぐんぐん進む感覚。履きなれた靴に足をいれ、今日も、走りたいように走ります。

荷物の最後に

いつもよりゆっくり時間が流れる店内は、灯りを落した照明とかすかに流れる音楽。その場にいる人たちの声は控えめで、ときおりクスクスと笑い声が漏れ聞こえてきます。ひと皿ひと皿サーブされるごとに、ふわりとこころが舞いあがり、遠い国でのその夜は、満ちたりたときになりました。

外国への旅支度は、どれだけ荷物をコンパクトに、軽くするかが重要です。着回しのきくものを揃え、必要最低限の持ちものと選びに選んだ文庫本。そして、靴は歩きやすいものを。それが、あるときから変わります。もちろん、できるだけ荷物をコンパクトに軽く、は、大事なのですが、旅の荷物は、それが最優先事項ではないことに、気づいたのです。

オーガニックの野菜をふんだんに使い、料理にあたらしい風を吹きこんだと言われるその店は、おだやかな空気で満ちていました。プレスのかかった白いナフキン。シルバーのカトラリー。サーブしてくれる年配の男性は、やわらかな物腰とささやくような声でおすすめを教えてくれます。運ばれてくるお皿はどれもすばらしく、同じテーブルの人と目くばせをします。

その夜、わたしは、黒いワンピースにシンプルなアクセサリー、足元はワンピースに合わせた靴を履きました。日中、街を歩きまわっているものとはちがう靴を、その夜は履いたのです。

スニーカーや頑丈な靴でもいいのです。旅先なのですから。お店の人も大目に見てくれます。でも——。何より、わたし自身が、そうしたかったのです。

靴は歩くためにありますが、どこへ行くか、だれと会うか、何をするか、のためにもあります。それは、ある意味、次の場所へ思いを馳せることです。これから、この店へ行き、こういう時間をすごしたいと思うとき、それに合ったものに整えます。たとえば、その場に溶けこむように。そこに集う人たちと自分自身が気持ちよくすごせるように。もし、同じ空間にいる人たちが互いにそんな思いを持ち合わせていたら、その時間は、しあわせなときになるはずです。

何十年、何十回と旅をしているうち、わたしは、そういう準備が大切なことを学びました。荷物の優先順位は、軽さやちいささだけではないのです。

10年使っている大きなトランクに荷物をパズルのように詰めこみます。最後に荷物と荷物の間にそっと靴を収めます。その靴は、履くかもしれませんし、履かないかもしれません。どちらでもいいのです。荷物になることは、もう、それほど大きなことではなく、それより、そうする思いのほうが、わたしにとっては大切なのです。

ひとつも捨てない

大竹昭子

からだというのは左右対称にできている。目、耳、腕、掌、乳房、尻、足などを見まわせば、そのことが簡単にわかるだろう。ふたつあるものは、双方ともが必ずおなじ位置に置かれている。片方が上のほうで、もう一方は下にずれているということはなく、高さ距離ともに一定している。これまでそのことを意識してこなかったのが自分でも不思議なのだが、考えてみると、なかなか深《しん》淵《えん》で、味わいのある事実だと思う。紙を半分に折り、からだの片側のラインをハサミでなぞって切り開くと、そこには人のかたちが生まれている。心臓はふたつないし、膵臓や肝臓だってひとつだから、内臓はそのかぎりではないが、それらをおさめたからだの外郭は左右対称なのだ。右側にあるものは、反対側のおなじ位置を探れば見つかるのである。

暗い部屋に仰向けに寝ころがっているとしよう。どこからも光りが射さず、目がきかない。でも、片手を反対側のおなじ位置にのばせば、もうひとつの手に出会える。足にしたってそうで、片方の足先をもう一方の側に並行移動させると、必ずやもうひとつの足先に触れるのだ。どこにあるかと手探りすることは要らず、反対側のおなじ場所には必ずもう一方が待っている。頼るべき相棒が逃げも隠れもせずにそこにいるというのは、なんという心強さだろう。

先日、探し物があって実家にもどったとき、久しぶりに月読《つきよみ》さんに会った。その日探していたのは昔大学で描いた絵で、学生時代の作品で唯一気に入っている一点だった。予想したとおり絵は押し入れのなかにあり、ほかにも額入りのイラストや写真が出てきたので懐かしくなって持って帰ることにし、埃を払ってリュックに詰めた。

長女が出て、次女が出て、つづいて末っ子のわたしが出て、三人姉妹のぜいんがつぎつぎに実家を離れて、我が家は両親だけになっていた。「伝染病」とわたしたちは呼んだ。ひとり暮らしは憧れだけど、実家もそれなりに居心地がよく、就職したあとも学生時代の延長のように三人とも家で暮らしていたが、いちばん上の姉が独り立ちしたのをきっかけに、つぎつぎとほかの二人も家を出たのである。

姉はどちらかというと、ものごとのよい面よりも悪い面をあげたがるタイプだったが、一人暮らしをはじめたとたんに、猜疑心《さいぎしん》が消えて明るくなり、自信も出てきたようだった。一人の空間を持てるとあんなにも変わるものなのか、と残されたわたしたちは驚き、あとにつづきたくなったのである。三人が出てしまえば両親だけになり、さびしくなるのはわかっていたが、そんなことは意に介さないほど、わたしたちは非情で自分のことで頭がいっぱいだった。

探し物に帰ったその日も、家のなかは深閑《しんかん》としていた。父は庭にいて、母は近所に買い物に出ていて食堂は空っぽで、以前はそれぞれの友人も混じってわいわいと賑やかだったその場所は、ひと気が消えてひっそりし、掛け時計の針の進む音すら聞こえるようだった。狭苦しかったテーブルがやけにだだっ広く感じられ、明かりも薄暗くて、二階への階段をのぼりながら、一ヶ月前までここに住んでいたのが信じられないような気がした。

絵を詰めたリュックを肩に引っかけて部屋を出ようとすると、来たときはひっそりしていた食堂から笑い声が聞こえてきた。だれかはすぐにわかった。わたしは嬉しさをこらえ切れず、急な階段をどたどたと踏み鳴らして下りていった。

おっ、亮子ちゃん。食堂に入るなり、声の主はボールをブロックするゴールキーパーさながらの敏捷《びんしょう》さでこちらに振り返り、立っているわたしを見た。もさもさの頭に濃い髭、日に焼けた太い腕、それに比べて繊細な印象の長い指。なにもかも昔と変わりがなかった。

むかいの席には父が座っていて、ビールの栓が抜かれていた。急いで帰らなくたっていいんでしょ、と枝豆の皿を運んできた母が言った。思えば、家を出てからまともにこのテーブルについていなかったが、それを見とがめられたような気がして、ちょっと首がすくんだ。

忘れたものを取りに来るだけで、欲しいものが手に入るとすぐに引き返す。それほど新しい生活に夢中で、自分の巣にこもるのが快感だったのだ。でも、月読さんの愉しさに比べたらそんな楽しみは些細なものだ。わたしはいそいそとリュックを床に置き、角の椅子に腰かけた。

父が食器棚に手を伸ばしてわたしの前にグラスを置いた。月読さんの黒くて太い腕がビール瓶をつかみ、傾ける。すぐにグラスは泡でいっぱいになり、縁からあふれ出す。しまった、ごめん、という彼の野太い声を、わたしは右手を振って遮り、背中を屈めてあふれた泡を口ですすった。

月読さんは父の古くからの知り合いで、父は彼を「ツキさん」と呼ぶ。二人は大学で知り合ったそうだが、といっても学生同士ではなく、父が助手だったときに、学部の学生としてツキさんに出会ったのだった。当時は学園紛争がはなやかなりし頃で、教える方と教えられる方が立場を超えて話をすることがよくあり、理解のある教授の部屋は生徒たちのたまり場になった。父のいた研究室もそうしたひとつだったらしい。

月読さんが卒業しても二人の行き来は絶えることなくつづき、家にもよくやって来た。学生はほかにもいたのに、こんなに長く関係がつづいているのは彼だけだから、お互いに気が合ったのだろう。

ツキさんは家族のあいだにも絶大な人気があり、彼が来るとわたしたち少女は浮き足だち、ちょろちょろとつきまとって離れなかった。父とはもちろん、友だちのお父さんたちともちがう雰囲気で、ともかくまわりにいないタイプの人だった。野人的なパワーがみなぎり、彼が来ると一瞬にして魔法のように部屋の空気が一変し、その上、話せば抜群におもしろく、聞く人を飽きさせない巧みな話術にたちまち引き込まれたのである。

この日も、風に煽られた火事のようにツキさんの話はあちこちに飛んでいった。久しぶりに聞く「月読節」は楽しく、懐かしく、父はビールを焼酎に代えて機嫌よく相づちを打ち、わたしも帰ってからする予定だった絵やポスターを飾ることなど、すっかり忘れて聞き惚れていた。

テーブルには、母が台所でちょこちょこと作ったものが並んでいた。こういうときの母は最強だ。手持ちの材料で、へえと感心するようなものを作り出す。春菊を生のまま細かく刻んでちりめんじゃことゴマ油で和えたものとか、千切りのさつまいもを炒めてナンプラーで味付けしたものとか、もやしをさっと茹でて塩コショーしただけとか、なんということはないのに、とてもおいしい。

あの話はどういうきっかけではじまったのだろう。昨日の残りだけどと言って、母が出したテビチがテーブルにのっていたのを憶えている。むかしデモで怪我をして足を切り落とした人がいた、とツキさんが話し出したのだ。機動隊ともみあって倒れ、踏みつぶされた足が壊死し、切断したという。わたしは思わず皿の上の豚足を見てしまった。豚とはいえ足にはちがいない。

ツキさんは豚足をがぶっと齧《かじ》りながら言った。知ってる?足ってなくなっても痒くなるってこと。

えっ、と言って母の顔が固まった。三角の目、飛び出した口元。理解を超えた話になると、母はよくこういう表情をする。あ、お母さんがまた鳥になった、とわたしたちは笑い合ったものだが、このときも持ち上げた箸が宙に浮いたまま、顔だけが鳥になっていた。

足は切断されてもうないのに、ここを掻いてくれってからだのどこかが訴えるらしいんです。

いったいどういうことなのか。わたしはそれを想像しようと全神経を足に集中させた。まず足の痒さを再現しなければと、足のすねを蚊にさされたときのことを思い浮かべた。痒いと思ってすねに手を伸ばし、ぼりぼりと掻きむしってから、刺された箇所を確認し、キンカンを塗る。これがふつうの手順だが、この人の場合はそうはいかない。痒いと思って手を伸ばしても、そこには足はなくて、手は宙を掻く。痒みはたしかに感じるし、薄れもしないが、痒みの発症源は皮膚の上には存在しない。だから、掻けないし、キンカンも塗れない。

　だったら、その痒みはからだのどこで生じているのだろう。切り落とされた足が置いていった記憶から這い出てくるのだろうか。もしそうならば、どうすればそれを消すことができるのだろう。

　架空の痒みに顔がゆがんできた。わたしだけでなく、父も母も口をへの字に曲げ、顎のところにしわを寄せて梅干しを作っていた。空気の流れが止まり、部屋ぜんたいが静けさのなかに沈んだとき、台所でぴちゃんと音がした。蛇口から垂れた滴が水の張った器に落ちて大きく響いていた。ぴちゃん、ぴちゃんと二度つづき、それに調子を合わせるように電子レンジがチンと鳴ると、母があっ、と小さく叫んで席を立った。

　チャーハンの皿を持って母がもどってきたときは、痒みをどうやって消すかという話に移っていた。答えはあっけなかった。鍼治療を施せば消えるという。理屈はどうであれ、東洋医学ならそういう摩訶不可思議な事態も解消できるかもしれないと、わたしたちはなんとなく納得したふうな顔になり、それでいて心のなかには、解決してしまうと、なあんだ、と思ってしまうミステリーの結末を聞かされたような落胆が滲んでいた。

　ところが、ツキさんの話はそこで終わらなかった。というか、痒みの話はほんの前振りで、本当に話したかったのはその先だったのである。

　こうしてその友人は片足で生きていくことになった、とツキさんは講談師のような口調でつづけた。足がないので左側のズボンの筒は空っぽで、椅子に座っていると膨らみがなくて布はぺなっとし、立ち上がると裾が頼りなく揺れた。

　そう言えば、昔はズボンの片方をひらひらさせている人がよくいたな、父が昔を思い出すような表情をした。いつの間にか見なくなったけど、と言ったのを、ツキさんは、義足がよくなったからね、と返しながらつづけた。

　いまの義足はコンピュータ制御で、うっかりすると生身の足よりも速く走れるらしいね。でも、当時の義足といったら、足があるように見せかける程度のもので、そういうものは要らないと思ったんだろう、彼は義足は作らなかった。ないならないで、その事実を見せてしまったほうが楽だ、とそんなふうに考える男だったんだ。

　それで、片足がないということは、靴も片方しか履かないでいい。でも、まさか片方だけ売ってくれ、というわけにはいかないから、要らないほうの靴が余る。それであるとき、彼に訊いてみたんだ。左側の靴はどうするんだい、捨てるのかって。

　母がはっと息を呑むのがわかった。わたしも、よく訊けるな、そんなこと、と思った。でも、それが出来てしまうのがツキさんだ。髪の毛一本も挟む余地がないほど単刀直入な問いを、子供のような無邪気さで発してしまえる人なのである。

ぜんぶとってある、ひとつも捨ててない、友人はそう答えた。スニーカー、いや昔の言い方だと運動靴だけど、毎日履いているその運動靴も、あらたまったときの革靴も、海へ行くのに履くゴムぞうりも、近所のスーパーにつっかけていくサンダルも、使うことはないけれど、すべて捨てずに溜めてあると。

ツキさんはそこで言葉を切って、チャーハンの皿に手を伸ばした。母が気づいて皿をそちらに押す。冷凍してあったのを解凍してレタスを刻んで混ぜただけなのに、作り立てのように新鮮な感じがする。ツキさんはスプーンをシャベルのように使ってそれを自分の取り皿にもりあげた。

溜めてどうするんだ、って思うよね。それで訊いてみた。返ってきた答えが驚きだった。その靴が履ける人に出会ったら進呈するためにとってある、というんだ。

ということは、足が左側しかなくて、そのサイズが26センチの人でなければならない。蚤にでもならないと通れないくらい狭き門だと思ったけど、そいつの下宿に行ったら、本当にあったんだ、左だけの靴がずらっと並んでいる棚が、と言ってツキさんはスプーンを握った手を横一文字に振った。

わたしはその棚の様子を想像しようと試みた。カジュアルなものからあらたまったものまで、さまざまな種類の履物の片割れが整列しているところを。落とし物の棚ならそういうこともあるかもしれないけれど、そこに並んでいるのは、一度も地面に底をつけたことのないまっさらな靴、生まれたときから迷子の靴たちなのだ。それが一カ所に集められているなんて、かなり奇妙で孤独な光景に思えた。

それからだいぶたって友人に再会したとき、ツキさんはそのことを思い出して訊いてみたという。あの棚の靴はどうなったかと。26センチの左足一本の男に出会えたのかと。

すると友人はニヤリと笑って財布を取り出し、札入れの部分を指で探った。端の折れ曲がった写真一葉が取り出された。色あせたサービス版のカラー写真だった。

二人の人間が椅子に腰掛けて写っていた。左側にいるのは、少し頭髪が後退しているが、いまより少し若い友人自身だった。右隣にいるのは知らない顔だったが、右足がなかった。一本だけの左側の足を前に出し、友人の右のほうの足に寄せて膝をくっつけ、つま先を揃え合って座っていた。つまり、左右が逆だけれど一対の足がそこに出現していたわけだ。

ペアになった二本の足先は赤いスニーカーに包まれていた。それを見たとき思わず、あっ、と声が出た、と言ってツキさんは口を丸くしてしばし静止した。むかし彼がそれを履いていたのを憶えていた。片足なのに派手な色のを履くな、と思って忘れられなかったという。

これが今のかみさんだ、と言って友人は右に座っている人を指さした。ガタイがでかくて、髪が短くて、化粧っけがないから勝手に男だと思い込んでいたけれど、改めて見れば女だっておかしくない。きりっとして、さわやかな印象で、こういう人は結構、母性的なのかもしれないとも思った。女っぽく振るまう人が意外と感情がパサついていたり、さばさばした感じの人が神経が細やかで気立てがよかったりということは往々にしてあるからね。外見と中身は一致しないもんなんだ。

つまりこの話のオチは、と言ってツキさんはそこでいったん言葉を切った。その男は溜めていた靴を無駄にせずに済んだだけでなく、左足を手にいれたってことだ。寝るときはいつも彼が左で、彼女が右。ベッドの上で手をのばして探れば、もう一本の足がそこにある。ふたつを寄せ合えば一対の足になる。

そう言ってツキさんはいかにもおかしそうに声をあげて笑った。その豪快な笑いにあっけにとられ、わたしたちは二の句がつげずに、しばし沈黙せざるをえなかった。だが、彼の笑顔を見つめているうちに、これはなるほど祝福すべき出来事なのだ、と思えてきて、喉の門を開いて静かな笑いで左右そろった足を讃え合ったのだった。

いっぽの旅

近藤良平

足の話

ずいぶんと前から気になっていたこと。

どこまでが足なのだろうか。指をさすとしたら、靴を履くあたりだろうか。「足が速いねえ」と言われると、それは駆けっこのこと。「早く足を洗いなさい！」と言うと、それはだいたい、足の指とかそのあたり。足がむくむ、となったら、靴を履く、その部分が多いだろう。「お前短足だなあ！」と子どもの頃よく言ったものだ。それは股下までをさす。

中学生の時に習った英語だと「レッグス」としか覚えがない。響き的には足というより脚である。どちらにせよ、そんな真剣に「足はここからここまでとする」と言われたことも考えたこともなかった。でも足について思いをめぐらしてみると、案外となぞだらけで、さらにはこんなにも毎日お世話になっているのに、少しいい加減な扱いの自分に気づかされる。毎日手は洗うが、そこまで丁寧に足を洗っている気がしない。洗っている方におこられそうだが、僕は足を洗うことが得意ではない。洗い残しや洗い損じが多いと思う。

ダンスもするしストレッチもするし、それはそれは足を大事にしていると思うだろう。全くそんなことはない。もう少し反省すべきなくらい適当に自分の足とつきあっている。

こんどーさん　実は足がくがく

小学生の時にサッカーを始めた。おそらく「足」を意識したのはその頃であろう。なんせサッカーは手は使えない。足のみで、器用にすべてをこなさなければならない。

小学生の頃はアルゼンチンに住んでいたので、公園に行くと「裸足」でボールを蹴飛ばす人たちがたくさんいた。その頃真似はしなかったが、今から思うとそれは正しいのかもしれない。足の感覚は足にしかわからない。サッカーに夢中になったおかげで、いつも足のさばき方、どのように蹴るかに日々明けくれた。なので、足の捻挫は数多くした。もうこれは無理だろうというくらい腫れて痛みがともなっても、そのうちにまたサッカーを始めていた。サッカー部に属したのは中学の卒業までだが、その後も足のスポーツであるサッカーを心から応援している。サッカー一筋以降は、色んなスポーツを体験し、大学になって初めてダンスに触れる。そのとき深く思ったのは、僕の足は完全なサッカー用だということであった。足首はがくがく、太ももばかりが発達していてひどくO脚だ。

「もっと足を自由に動かしたい！」そんな思いがきっとダンスや足のトレーニングをするきっかけになったのかもしれない。

基本の動き36のヒミツ

ＮＨＫの番組「からだであそぼう」が始まったのは21世紀に入ってから。たまたま番組が始まる当初から番組づくりに関わった。「にほんごであそぼう」などと同じように、あそびをまじめに考えるきっかけをさがすことに夢中になった。「あそび」をする時に使う「基本の動き36」というものがある。簡単に説明すると「人間が行うすべての動きは、この36の動きに集約される」というものだ。これはすごい。

項目としては基本の平衡系の動き「立つ」から始まって、「はこぶ」や「ほる」といった操作系の動き、「はねる」や「のぼる」などの移動系の動きからなる。番組の始まりで考えたのは「立つあそび」である。「片足立ち」「つまさき立ち」「丸太の上に立つ」など。そもそも赤ちゃんにとっては「立つ」ことそのものが、ものすごい冒険であり人生においての最初の大きな出来事だ。「二足歩行」と軽々しく言ってしまうが、やっぱりこれは人間界においてすごーいことであり、そのおかげで動きも増えて、あそびも増えたとも言える。この「からだであそぼう」という番組のおかげで、その部分に強く感銘をうけて、今も「動き」フェチである。

ちなみに「立つ」の次にくるのは「歩く」である。立ち上がってそして歩き出すのだ。全くその通りなのだ。

人は立ち上がらなければ歩くこともできない。ふと「足」のことを考えると、どうしてもこの人間の神秘の部分にのぼせてしまう。おかげで日々立ち上がる時、うれしくてニヤニヤしてしまう。

犬の足　前足　後ろ足

犬にも馬にも、足がある。いや脚かもしれない。それも、数えると4本である。虫にも足がたくさんある。あの虫たちの動きは観察するのは楽しいが、足の運び方には実感が持てない。それに足が多すぎだ。四つ足動物は猿の前世と考えると少し実感できる。きっと前足のほうが器用に動くのではないかと妄想できる。聞いたところ馬にも右利き左利きがあるらしい。最初に出す足が決まっているとか。毎日犬の散歩に行くのだが、よくあんな足の裏で一年間通して過ごせるなと。さわると肉球が常に適度に柔らかい。さすがに熱されたアスファルトは苦手そうだが、冬道はなんともないようだ。グリーンランドに行った時は、氷の上を楽しげに犬たちが走っていた。犬だけでなく動物たちの足の歴史は深く神秘的である。鳥たちは、あの細い電線の上に上手に立ち止まる。そして落ちることもない。そもそも飛べるなら足なんて必要ないとも言える。が、そうとも言えない。

人間の場合、たまたま二足歩行の時代が長くて、その足があるからこそスポーツや旅行や散歩が気ままにできる。こんなに科学技術の進歩があったとしても「歩く」から始まる出来事は絶えることはない。ましてや紐靴やブーツや下駄のように、多くの履物が人間の足の営みとともに発達、広がっていったのは想像しやすい。もし足が人間の耳たぶくらいの役割しかなかったら、こんなに深い歴史はたどらなかったであろう。

犬が歩いているのを見ていると、ものすごい進化、または何ひとつ変わっていないという生物の宿命のようなロマンを感じてしまう。なので犬とともに行う散歩は壮大である。

オノマトペと歩く

オノマトペとはフランス語でいう擬音語、擬態語のことである。漢字であらわすとやけに大仰である。またカタカナでオノマトペは、響きを含めて少々マヌケな感じである。なぜここでオノマトペかというと日本人にはとってもなじみのある言い方だからだ。日本語の中に含まれるオノマトペの数は世界一多いとも言われている。そしてそのオノマトペの多くには、きめ細やかな動きや情景を助ける役割がある。「しとしと雨が降る」「ザーザー雨が降る」この違いは我々にとっても大きい。持っている響きもさることながらニュアンスが違う。からだでそれを受け止める時、その違いははっきりする。

「しとしと雨が降る中歩いて帰る」

「ザーザー雨が降る中急いで帰る」

見える風景が違えば、体感も違う。「歩く」という基本の動きに擬音語、擬態語がつくとそれはそれは面白いことになる。「さばさば歩く」「ドキドキ歩く」「ちょこまか歩く」「こそこそ歩く」。一度自分に思い返してみると、だれもが経験をしたことのある「歩く」なのだ。歩くというと一見、モデル歩きとかナンバ歩きとか、より具体性を思い浮かべるが「歩く」というニュアンスはとても深い。

普段、人に振り付けをする仕事をしているが、決まった形式の振りをつけることより、皆が「歩き方」に無限のニュアンスがあるように、人それぞれのニュアンスを獲得した振り付け、動きは面白いことになる。オノマトペとともに歩くと、人の歩きは豊かである。その歩きはダンサブルになっていく。もう踊りと言えるかもしれない。

舞台では足の使い方がうまい人は、やはり素敵

舞台に限らず、スポーツや行進などあらゆる場所で「足の使い方」を目撃する。「足の使い方」というとちょっと大仰に聞こえるが、あまりに当たり前のことなので、何かおろそかにしている気もする。歩き方を親から教わるのは、人間だと一歳の頃である。当然覚えていない。おそらく「立った、立った！　歩いた、やった！　歩けたね！」そのくらいである。「右足を出した後には左足を間髪入れずに前に送り出す。それを繰り返し続ける」なんて教えない。なのに大体歩くことができる。三歳にもなれば、走ることもできるし、後ろ歩きだってできる。ものスゴイ能力である。しかし大人になって「その歩き方」が崩壊する。最近は減ったがチンピラっぽい歩き方、膝が内側に深く入る内股歩き、膝が全く伸びない歩き方など。とにかく大人になると誰も「歩き方」は教えてくれないのである。そして正解の歩き方があ

るわけでもない。でももう少し気を使いたいものだ。

少し舞台のことを思い浮かべよう。

舞台上では、踊りをしたり駆け回ったり、セリフを喋ったりするが、やはり所詮「歩いている」のである。「歩く足」がほとんどとも言える。その足さばきが巧みであれば、クラシックバレエのようだし、地にしっかりと踏みしめれば日本的なものが見えてくる。フィギュアスケートの3回転半のような超難度の足もあれば、ボクシングのような軽やかな足もある。そして足の使い方が上手な人は、やはり何か気持ちがいいものだ。

足もとすっきり歩ける人は、おそらくすっきりとした性格である。足もとがいつも開き気味で、ふらっとしている人はそれなりの性格なのである。舞台など見ると、最初に気になるのはその部分である。天性で上手に歩ける人も稀にいるだろうが、ほとんどの場合は、自分の歩き方をどうにか探すのだろう。そして探した方が良いと思う。

いつか本当の「地球の歩き方」別冊「歩き方そのもの編」なるものを考えてみよう。

道があるから歩くのではなく　歩くから道がある

知らない街などを訪れて素敵な風景に出会うと、時々思いがけず興奮したりする。このくねくねっと蛇行する道はどうやってできたのだろうか。この細い道はどこへ続くのだろうか。色々と妄想するのである。

昔バイトをしていた頃、仙人のような趣の大人がいて、タバコ休憩の時間にふと声をかけられた。「おー、そこの若いの！　この道はいつできたと思う」僕にはさっぱり意味がわからなかった。するとその仙人は「この道はもともとあったわけではなく、たまたま人が歩いたか、または牛が歩いたのかもしれないぞ。そう思わないか」そうやって人や牛が歩いたから、何度も往復するうちに、その筋がやがて道になったと言うのだ。最初は半信半疑であったが、じっと長い時間かけて目の前に広がる道を見ていると、確かにそのかつての素朴な道が見えてくる気がする。現代の道は複雑すぎるが、手頃な軽く蛇行する道に時々遭遇すると、いつもあの仙人の言葉を思い出してしまう。「歩くから道があるのだ！」

ヨーロッパへ行くと「プラザ」「広場」という場所に出会う。放射線状に続く道の中心みたいな場所だ。これもなかなか妄想するのに良い。きっとその中心にはたくさんの人々が集まり、話し込み、またそれぞれの方向に旅立って行ったのであろう。さらには「すべての道はローマに通ず！」と言う通り、現在でもヨーロッパではその名残を感じることができる。「きっとここを人々がわさわさと歩いたのであろう」と妄想はたやすくできる。

あと余談になるが、昔、新潟の雪深い地域で「かんじきダンス」なるものを創ったことがある。要はかんじきを履いて、足を踏み鳴らすように舞うのである。実際に雪深い時期に１００人くらいの人々が集まって、その「かんじきダンス」をやってみた。雪の中、汗をかきながら何度も足を踏みながら舞ううちに、いい具合に地が固まったのだ。きっと昔の時代もこんな感じで、人の集まる場所ができたのだろう。

散歩のお話

僕は普段、ダンスのワークショップをよく行う。それは小学生などの子ども対象もあるが、大学生にも指導するし、一般という括りで12才から80才くらいまでまとめてワークショップをすることもある。テレビやCMなどの「振り付け」という仕事でダンスというジャンルを扱ったりもする。それと同時に「体操」というジャンルでからだを使って動いたりもする。一方で「ダンス」一方で「体操」、どちらもからだに関わることなので、実はそこに差はあまりない。しかしやる側となるとダンスと体操では意識が違う。ダンスへの苦手意識はあるだろうが体操には苦手意識はあまりない。毎日続けられるかどうかの方が問題だ。ダンスは一見難しいと思うだろうし、ダイエットや美のためには体操趣向が高い。でも一方ではフラダンスや祭りの踊りを楽しむ人もたくさんいる。

僕が大学の授業などで必ずやることがある。それは「ブラインドウォーク」という内容だ。簡単に説明すると、二人一組になり、一人は目をつむり、一人は手を添えて誘導しながら、散歩するというものだ。これは随分と前から行われているワークではあるが、実際やると、びっくりするし面白い。少し広い部屋でもできるが、外で行うのがより楽しいし刺激的だ。目をつむったままの外の世界では、ものすごいたくさんの出来事がからだに飛び込んでくる。

風が自分の肌をまとい、光の束が目の奥の方へ飛び込んでくる。目をつむっていたとしてもだ。全方位から音が響きわたり、気にいった音を見つけることもできる。もちろんいいことばかりではない。車の音は、ものすごい乱暴でけたたましい。狭そうな場所へ誘導されるとからだがものすごく萎縮するのがわかる。

そして学生たちとたくさんやってわかったことがある。一番気になるのは「触覚」であり、それも足の裏の感覚である。歩く時に、必ず接する地面との感覚には予想以上にみんなが敏感であることがわかる。ブラインドウォークで大変と感じるのは階段であり、そのエンド部分。そして足に接する部分がぶよぶよしてたり、水が張っていたりするとまた、ものすごく気持ちをゆさぶられる。でもそれと同時に「歩く」という足の感触が、ものすごく気持ちを豊かにするのだろうということも思う。歩くことは、やっぱり楽しいのである。それも目的をさほど持たずに、できるだけ手ぶらで足の気の向くまま歩くのは楽しいのである。歩くから足が動き出し、語り出し、からだが豊かに楽しくなっていく。歩いていると風景が動き出し、やっぱり色んなものがからだに飛び込んでくる。

散歩は実に楽しい。

踊りに見る　履物

スポーツをする時、履物は重要である。フットサルをする時、ランニングをする時、卓球をする時、それぞれにあったシューズを履くことになる。子どもの頃、ボーリングをする時にわざわざ靴をかりなければならず、やけに緊張したのを覚えている。

人の履いていた靴に足を入れることの恐怖だろうか。日本の場合、靴を脱ぐ習慣があるので、スリッパというシェアする履物も特別なものがある。これも場合によっては緊張する履物である。なんせトイレに行って履くものでもある。

どうしても履かないと始まらないものもある。スケートシューズやタップシューズである。靴そのものにものすごい細工がなされている。今は見慣れたがそれだけ取り上げるとかなりシュールな履物である。限られた人しか履かないハイヒール、そしてそれをさらに抜くトウシューズ。言葉の通り、つまさき立ちの履物だ。人間の限りない欲望の結果生まれたものだ。それ以上になると地面から浮いてしまうので「浮遊」になってしまう。なんとも繊細で大胆な試みであっただろうか。現在も街中では普通にハイヒールは見ることができる。が、しかしという感じもする。街角は社交場ではないので、無理がある。危険なトラップも多い。ましてやハイヒールに自転車など不思議すぎる取り合わせも普通に見る。話はもどるが、スポーツやダンスをする時、履物は大切である。裸足という履物も含めて靴を履くと、その「特別な時間」が始まる。靴紐もきゅっと締める、そんな動きも始めるための大切な儀式だ。

靴は好みがあるだろうが、踊りの靴も色々である。ストリートから始まった踊りは普通のスニーカーだったりするが、ジャズシューズなるものは、ちょうど足の真ん中あたりが薄く柔らかく足の甲の部分が伸びやすいようになっている。バレエシューズなどでは滑り過ぎないように松やにを使ったりする。

僕もダンスの本番に使う履物はそれなりにこだわりがある。白の紐付き体育館履きである。靴裏のソールも重要で、柔らかすぎる白いゴムだとひっかかりすぎる。固めの茶色系のゴムのものがよい。そして体育館履きなので靴底は薄い。これがポイントだ。厚いと足を上げる気がなくなる。20年以上履いているので、50足くらいは同じものを使っている。ただ普段は履物に無頓着である。よく言われるように「足もとから始まる」のならば、もう少し普段気を使わなければなあと思うのだが、すぐなまけてしまう。

憧れのサッカーシューズ　アルゼンチンにて

「履物」と考えた時、一番最初に憧れたのは、サッカーシューズである。小学5年生の時だ。その頃は、南米アルゼンチンにあるブエノスアイレス日本人学校の小学生であった。今もそうであるが、その当時1970年代も、男子のあこがれは唯一「サッカー」であった。明けても暮れてもサッカーのことばかり考えていた。夢の中でもドリブルをイメージして敵を巧みに抜き去りゴールにシュートする。そんなことばかりを夢見る日々であった。毎週土曜日は、学校はお休み、公園でサッカーをするのが、ほぼ決まりであった。夕方になると、必ずサッカー中継の放送が街のどこからか聞こえてくる。ラジオやテレビの放送の声であるが、スペイン語の実況は、興奮していてそれはそれはものすごい。

こちらも子どもであってもサッカーのことなのでやっぱり興奮してしまう。大人は大騒ぎしてもいいのだということを知ったのはその頃だ。その当時、高校生だったディエゴ・マラドーナは、すでに天才プレイヤーで、スーパーヒーローであった。僕ら日本の小学生にとっても憧れであった。

その頃のブエノスアイレスの中心部へ母と一緒に行くと、靴屋がたくさんあった。アルゼンチンは牛の産地であり、たくさんの「革靴」を作っていた。なので靴屋がやたら多かったのを覚えている。その高級そうな大人の靴の中で、どうしても気になるシューズがあった。そう僕が見つけたのは「アディダス」のサッカーシューズである。黒いシャープなフォルムにあの白い三本線の入ったサッカーシューズ。もちろん牛革製。その当時はナイロンやプラスチックの素材の方が稀であった。その牛革のシューズにとにかく夢中になり、ショーウィンドーの前で、またドリブルする妄想をしていた。

細かい値段は覚えていないが、どうにもこうにも高い値段であったのは知っていた。なので母にもあれが欲しいなんてことは一言も言えなかった。その地区に行くたびにそのショーウィンドーは気になっていたが、いつだったかもうそこにはシューズは飾っていなかった。そして僕の妄想からも離れていった。そしてのちに中学生になって日本でサッカーを続ける中で、とうとうサッカーシューズを手に入れた。が、それは「アシックス」のサッカーシューズであった。
やっぱりあの黒に白の三本線のサッカーシューズは、心の中の永遠の憧れなのだ。

靴みがきの目

いしいしんじ

紹介のあった監査法人に書類を出しにいき、駅にもどる途中。初冬の陽ざしがやわらかに広がる、金曜日の遅めの午後。薄いコート姿が行きかう公園通り。なにがきっかけで、目がそっちへいったんだろうか。珍しい色をした鳩のせいだったかもしれない。ほとんど黄色の鳩が舗道のなにかをついばんでいたから。ただ、そのむこう、道の端に端然とすわった初老の男性に、僕の目は自然に吸いよせられていた。まるで、空をあてどなくふらついているかに見える海鳥が、いつのまにか、遠いふるさとを目指すように。

日に焼けた、赤銅色《しゃくどういろ》の額。そそりたつ鼻。銀色の混じった頭髪は、ごく短めに刈り込んである。着古したスイングトップの上からでも、肩から胸にかけての、がっしりした筋肉のふくらみは十二分に見てとれる。

男性は僕と視線を合わせ、ふわりと笑った。彼の前には、靴みがきの道具が整然と置かれていた。舗道の端に四人、五人と並んだ、靴みがき職人のなかでも、彼の醸す雰囲気、表情は、控えめにいって、明らかに異彩を放っていた。失礼ながら、どうしてひとの靴を磨いてるんだろう、と、ふしぎにおもってしまうような。後ろの銀杏の幹に松葉杖が立てかけてある。腰から下は使い込んだ前掛けで隠されていたけれども、手製なんだろう、絶妙な低さの椅子に腰かけたその下半身の、左の足首から下が失われていることに、僕は、気づかないではいられなかった。

いつのまにか、その前に立っている。笑みを浮かべたまま、靴みがき職人は、アスファルトの上でしょぼくれた、ほとんど履きつぶしかけているローファーを認めると、「いい靴ですね」と、大木の落ち葉がこすれるような声をもらした。「こういう靴は幸せもんですよ。いいご主人に恵まれて。仕事させていただくこっちも、嬉しくなります。では、はじめさせていただきましょう」

職人は、右からはじめた。使い込んだブラシの毛先で、縫製の隙間や皺から、塵、埃を、やわらかくかきだしていく。じかに触れられているわけではないのに、からだの芯がくすぐったくて、つい、うしろの左足がふらつきそうになる。

「楽にしててくださいな」職人はいった。「腰を少々、痛めておられるようだ。いいですか、固い地面に立っているんじゃないんです。水の上を滑っている。フィジーかどこかの、あたたかい海辺を。どうか、そんな感覚でいらっしゃってください」

僕はしゃべった。ふだんはそんな、口数の多いほうじゃないんだけれど、靴の上でブラシとフランネルのクロスが動くたび、自分のこの靴を七年前、はじめていった外国で、どんなおもいで買ったか、忘れていたとおもっていたディテールまで含め、微細にうちあけていた。職人は深くうなずき、

「いい靴は、一生もんですよ。友だち以上です。おわかりですか、わたしたちがふだん、この星と接しているのは、靴底でだけです。靴ってものは、わたしたちを、この世界につないでくれる『橋』だと、そういって、まったく見当外れではないでしょうね」

靴クリームのかおりがたちのぼる。職人は、手を動かしながら話しはじめる。靴とその、とある持ち主にまつわる、奇妙すぎる、といってよい話を。

最初はね、いたずらかとおもいましたよ。ええ、からかわれているのかと。なにしろ、裸足なんです。真冬だってのに。いまお客さんが立っている同じその場に、バイク一台買えそうなスーツで突っ立って、わたしを見下ろし、なんにもいわないで、裸足の右足を磨き台に乗せました。顔立ちや表情は、まだ朝だったんで、逆光でよく見えません。靴みがきの仕事はね、呼吸がいちばんなんです。楽器の演奏に、似ていなくもない。ある一瞬をつかまえ、さっと手を動かす。わたしは間を置かず、ブラシをかけはじめました。

裸足をじかに、こすったわけじゃあありませんよ。その方がもし透明な靴を履いたとして、ちょうどその透きとおった革の、表面あたりを、ふだんどおりの手さばきで磨いていったのです。ブラシと、このクロスで。透明なクリームを使って。

翌朝も、その方はきました。そのまた翌日も。三日それぞれ、透明は透明だけれど、ちがう靴を履いてきてる、そんな風におもいました。勝手なおもい込みのようですけどね、わたしにはまちがいなく、そう見えたんです。自然と、磨きかたも異なります。布地の糸の番手やら、ブラシの毛の太さやら、それぞれの靴のよさを、いちばん引き出せる組みあわせってものがあるんだと、わたしはずうっと、そう信じてます。

四日目、その方はやはり、裸足でやってきました。でも、足を磨き台には乗せず、自分といっしょにくるよう、ことば少なに告げると、やにわに回れ右をし、すたすた歩きはじめたのです。驚いたのは、それは驚きましたがね、けれども、躊躇はなかったです。あわてて道具を片付け、あとについて歩きだしました。おわかりかとおもいますが、靴みがきってのは、一年じゅう休まず外に出ているくせに、おもいもよらない事件や、胸がたかなる冒険なんかに、しょっちゅう出会える、ってわけにいかない仕事なんでね。

駅の裏の坂をのぼって、古い住宅地を、ぐんぐん進んでいきました。小一時間は経ったでしょうか、公園の雑木林かなにかだとおもったのですが、いつの間にか、その方の家の敷地にはいっていた、ってわけで。そう、でかいお屋敷でした。おまけにえらく凝った造りで、一見平屋かとおもうんですけど、建物の奥の側じゃ、落ち込んだ崖の下へ下へ、地下二階までのびていましてね。玄関では、靴を脱ぎません。向こうは最初から裸足ですが。

ばかでっかい画廊みたいな、シンプルな居間に通されました。壁は灰色のクロス張り、ガラスのテーブルと黒革のソファが置いてあるきりです。差し向かいにすわったやせぎすの男は、ヤン、と名乗りました。五十を少し越えたくらい、長く伸ばした髪を、うしろで結わえてあります。疲れ気味に見えましたが、話しているうちだんだん、なにか内側からみなぎってくるようでした。

いったん席をはずしたヤンは、胸に抱えられるだけの箱を抱えて戻ってきました。すべて手作りの靴箱でした。ヤンはつぎつぎに中身を取りだすと、ガラスのテーブルの上に並べていきました。合計七足。まだほんの一部だそうです。わたしは、急に汗ばんだ手を握りしめて見とれました。古いもので、おそらく十七世紀のミュール、近くは戦後まもなく、創業してすぐの作のアルティオッリ……どれもこれも、博物館レベルの、すばらしい靴たちです。

これらを全部、ここで磨いてほしい、それがヤンの注文でした。わたしはうなずき、まずはミュールを手に、特製のクロスでやわらかくこすりはじめました。

靴の蒐集家《しゅうしゅうか》、というひとたちはいます。世紀をこえたアンティークを、ケースに入れて、見て楽しむんですね。ただヤンは、そういうコレクターたちと、どこかしらちがう雰囲気がありました。なんというか、気恥ずかしそうなんですね、靴をわたしに見られるのが。蒐集家なら、そんなことはありませんよね。逆に、見せびらかすくらいのもんでしょう。ヤンはうつむき加減で口を結び、ぴんと張った腕の先で、両の拳をぐりぐりと自分の膝に押しつけていました。上半身を軽く左右に揺らせながら。

　ヤンはわたしに、試すようなことをしてすまなかった、といいました。ああ、裸足のことですか、わたしが顔をあげると、冗談のつもりではなくてね、とヤンはうちあける口調でつづけました。俺は、靴が選べないんだよ、どの靴も大切すぎて、見ているうち、どれを履いていいのかわからなくなっちまう。だから、今度こそ履こう、って、また新しい靴を買う。世界じゅうに伝手《つて》があるもんだから、いま市場に出てるいちばんの一足を買う。でも、家に届けられたそいつが、すばらしい靴であればそれだけ、もったいなくて、また履けない、ってことになっちまう。だから、靴を買うようになって以来、俺はずっと裸足なんだよ。

　わたしは手をとめ、ヤンの目を見返しました。気恥ずかしさ、というよりは、よくよく見ればそれは、大きな混迷の渦に長いあいだ巻かれつづけ、渦の外へ、なにかを訴えかけているものの目でした。そしてまた、わたしは視線を移し、七足の見事な美術品をまじまじと見つめました。

「ヤンさん」と、わたしは気持ちが動くままに声をだしました。「靴ってものは、履かれて、履かれて、くたくたになっていくうち、その靴本来の顔になっていくもんです。本だってレコードだって、見ているだけじゃ、物語も演奏もはじまりやしないでしょう。あなただって、靴を集めたいんじゃない。靴を履きたいんだ。そんなら、順番に履きゃあいいんです」

「順番？」

「あなたがいま持ってきて、ここにこうして並べた七足には、意味がある。わたしにはわかります」わたしは手を広げてつづけます。「駅から流れてくるひとの波を、日がな一日眺めてるわたしには、わかるんですよ、一見乱雑に見えるできごとにも、じつは秘められた秩序に沿っている、巨大すぎて目にうつらない、大きな法則のもとに動いてる、って。通りすぎてゆくひとの、ひとりひとりが、それぞれの流れに乗って動き、たった一分先には、もうちがう顔で別の場所に立っている。じいっと見つめているとね、その『先』まで、見とおせるときがあるんです。『靴みがきの目』ってやつです。いいですか」

　わたしはミュールをテーブルの列に置きなおすと、並んだ七足を順に指さしながら、「月、火、水」と低くささやきました。「木、金、土、日。あなたは、つぎの月曜がきたら、また七足、ここへもってくる。そして、置いた順番に履いていくんです。そして、玄関から外へ出ていくんだ」

ヤンの顔つきはみるみる変わりました。闇にとざされていた空へ一気に、放射状に広がっていく、暁の光を見ているようでした。しばらく黙りこんで靴たちを見つめたあと、ヤンはそっと、十九世紀半ばの製作らしい、内羽根式のハーフブーツに手をのばしました。一瞬ためらってから、すぐに裸足のまま、右のつまさきを入れ、ゆったりと余裕をもった身のこなしで、かかとまでを靴のなかに収めました。左足も同じようにすると、ヤンはまっすぐ、背筋を伸ばして立ち、フローリングの床を歩きだしました。一歩一歩、ていねいに、素足にこすれる革の感触をたしかめるかのように。部屋の隅までくると、ゆっくりとUターンし、きた道をまた歩きだす。反対の壁まできたら同じように、また、くるっと回れ右。何度も、何度でも。

「毎週、月曜日に、きてくれるんだろうね」と、歩きながらヤンは、弾んだ声でいいました。

「もちろんですとも」と、わたしもやはり陽気にこたえました。目の前にいるこのヤンという人間は、全身全霊をかけて靴が好きで、靴のために生きてきたようなもので、そしてたったいまその命が、わたしの目の前で花開いてる。そして靴の側も、そのことがわかっていて、ヤンに存分にこたえている。

わたしは奇跡に近いものを見ていました。ただ、いまからふりかえれば、靴とヤンとの睦《むつ》み合いがあまりにも自然すぎて、その瞬間、目の前で起きていることが、ごく当たり前の現象にしか映りませんでした。

本人は、気づいてさえいない様子でしたが、はしゃいで歩きまわるヤンを乗せたハーフブーツの底は、部屋の床板から、まちがいなく三センチほど宙に浮かんでいたのです。


右のローファーが仕上がった。まじまじと見下ろす。靴の皮が一枚むける、つまり、靴が脱皮する、ほんとうに、そんなことがあるんだ。生まれ変わったローファーは、僕の右足に吸い付くようで、羽毛のように軽くなっている。

すっ、と鼻を鳴らすと、職人は背を軽く丸め、左の靴にとりかかる。


毎週、月曜が楽しみになりました。ヤンの買いためた靴のストックは、量質とも、誇張なしに、際限がありませんでした。

いつもの坂をのぼり、木立のなかの小径を縫っていくと、そのうち、早くも通い慣れたような気分のうちに、枝のあいだにお屋敷の屋根が見えてきます。

重厚なドアの前に立つ。わたしの姿を識別し、大きな黒いドアのどこかがカチャンと鳴って、ロックがはずれます。まっすぐ廊下を進んでいった例の居間、ガラステーブルの上に、もうすでに、その日の七足が並べられています。

創業時のジョン・ロブ。年代の見当がつかない厚底のチョピン。十九世紀末の内羽根式ストレートチップ。有名な、あの映画のスパイが履いていたチャッカブーツまで。ソファに浅く腰かけ、わたしが一足目にクロスをかけおわるころ、銀製のお盆を捧げもったヤンが、奥のドアをあけてあらわれます。コーヒーの香りをたなびかせて進んでくるその足もとには、毎回ちがった月曜日の靴が履かれ、靴底はあいかわらず、三センチほど、フローリングの床から浮いたままです。

靴はどれもほぼ新品というのに、他人行儀なまっさらな感じはなくて、ヤンとヤンの屋敷、その場の空気に、ごく自然になじんでいました。自然素材のクリームやオイルで、最高のコンディションに整えられていたからでしょうね。靴磨きの腕だけでいえば、ひょっとしてヤンのほうが上だったかもしれません。わたしのところにくる二日前、庭仕事の途中、中指の爪を割っちまったそうなんです。

でもね、小銭の計算はまったくできないんですよ。月曜の仕事が終わったあとに手渡される給金の額は、毎週、てんでんばらばらにちがっていましたし。そのくせ、証券取引の世界じゃあ、神様扱いですってね。悪魔、って呼ぶひともいたらしいですが。まあ、わたしが通いはじめた頃には、ヤンは、世間のあらゆる商売から手を引いていました。靴を履きはじめたおかげで、新しい靴を買い求めることも、当面はなさそうだよ、と嬉しげに、含み笑いを浮かべていっていました。

たどってきた道はまったくちがいますし、境遇にしても、天と地くらいかけ離れているわけですが、わたしには、ヤンのおもい、考えていることが、なんとはなしにわかりました。ヤンのほうでも、わたしの好み、主義主張、行動パターンまで、まるで先回りして、双眼鏡で見はっていたかのように理解してくれました。

コーヒーはいつもどんぴしゃの濃さと温度。仕事のあとに出してくれる一杯のジンは、わたしのために、ていねいにブレンドされたものでした。そのうち、毎週月曜、外でいっしょに夕食をとるようになりました。ダブルモンク、ゾンキーブーツ、スウェードのドレスシューズ。ヤンの足もとで、愛好家垂涎《すいぜん》の蝶が飛びまわっています。

テーブルをはさんで、わたしたちはいろんな話をしました。ふたりとも妻をなくし、こどもはおらず、昔の長い小説を、毎日少しずつ読むのが好きでした。それ以外、ほとんど共通点はなかったのですが、それでも、話題が尽きることは一度たりともありませんでした。いつも店じまいまでグラスを重ね、話しに話し、支払いの伝票は、酔いの浅いほうがとるのが、いつしかしきたりになっていました。

そんなこんなで、半年が過ぎました。

毎年ね、七月と八月には店をたたみます。この年になると、夏の陽ざしはどうやったってこたえますんでね。で、地図や古雑誌をぱらぱらめくって、その年の夏を過ごすのにちょうどよさそうな海辺の町を見つけたら、簡単な着替えと釣り竿をもって出かけていきます。ふだん休まないぶん、まとめて休んじまうんです。

グラスのジンを飲み干すと、ヤンはなにげなさそうに肩をすくめ、月曜はどうするんだ、と訊ねました。

「毎週、舞いもどってきますよ」わたしはこたえながらそれこそ、ヤンが次にいうことばが、先まわりして、目の前にあらわれるのが見える気がしました。

「そんな手間、かけなくていい。俺がいくさ」と、ヤンはいいました。「靴を履いての、はじめての遠乗りだ！」

七月あたまの水曜、駅で待ち合わせました。ごった返す人波とは反対側から、かんたんな手荷物だけのヤンが、淡い日だまりの蝶みたいにふわりとあらわれました。着替えや愛用のグラスなど、そして靴は、もちろん先に送ってある、とのこと。ヤンは切符の買いかたを知りませんでした。それでもいつもどおり堂々としていました。

宿をとったり旅程を調べたりは、もちろんわたしが万事引き受けましたが、ヤンのふしぎなところは、靴磨きのさなかであっても、こっちが目下だとか、彼に仕えてるとか、いっさいそんな気分にさせられないことです。

旅先でも同じです。こっちがいくら世話を焼こうが、そのことで、こっちにもあっちにも、心理的な負担やプレッシャーなんかがいっさいかからない。例えるなら、育ちのいい、常識知らずのいとこ、とでもいいますかね。金持ちにはめずらしく、名誉、権威、支配、そういったものから、ヤンはとことん自由でした。ちょうど彼の靴が、地面から数センチ、浮きあがっていたのと同じように。

そう、靴！

三週間の予定で、湾に面した朝食つきのゲストハウスに部屋をふたつとりました。うちひと部屋に、段ボール箱が十二積まれました。それぞれに靴のケースが八つ収められています。履いてきたリネンのエスパドリーユをのぞいて、ヤンはこの旅に、九十六足の靴を持ちこんだわけです。宿の主人は、うちで店開きされちゃあ困るって、本気で心配してました。

「これじゃあ、休みになりやしない」苦笑しつつこぼすわたしに、ヤンはまじめな顔で「磨くのはいつもどおり、週に一度、月曜に七足ずつ磨いてくれりゃ、それでいいさ」

半日ほどの散歩でぐるっと隅までまわれる小ぶりな港町です。近海でとれる魚介の品種が多く、巨人の竿を横倒しにしたような長い長い桟橋に、ぎっしり、とりどりのサイズの漁船がとまっています。朝早くには、近隣の都市から山をこえ、橋をこえて、釣り人たちが集まってきます。

わたしのこどものころまではまだ、ダイナマイト漁、いわゆる発破漁が盛んでした。そう、水中で一発、水煙、あとはプカプカ浮かんでる魚を小舟で集めてまわるだけ。サンゴ類を一瞬にして全滅させるんで、最近は表向き、全面禁止されていますけどね、発破の爆発でえぐりとられた海底の、地形のうねりのおかげで、とりどりの魚が住みつくようになった、っていうんだから、まあ、世の中なにがどう転ぶかわかりません。

ついた翌朝、部屋の窓から見下ろすと、グルカサンダルを素足に履いたヤンが、うしろ手を腰のあたりで組んで、ゆったりとした大股で桟橋を歩いていくのが見えました。ときどき立ち止まり、釣り人たちのバケツや魚籠をのぞきこんでいます。

わたしは挽きたてコーヒー豆をネル布にあけると、ゆっくり、ハエが羽ばたきをやめて落っこちそうなくらいゆっくりと、ポットのお湯をそそぎかけていきました。ひとり分のコーヒーを、あったためておいたカップに注いでから、窓辺のソファに浅く腰かけて外を見ると、ヤンはまだ、桟橋の半分にもたどりついていませんでした。

一日じゅう、わたしたちが顔を合わせることは、滅多にありません。わたしは、ふだん外にいるぶん屋内にいて、ヤンはヤンで、はじめて海を見た農家のこどもみたいに、ひたすら埠頭や波打ち際を歩きまわっていました。日陰と日なたで、別の国みたいに気温がちがうんです。なにも隠れるところのない埠頭では、帽子なしじゃ頭んなかが茹であがっちまいます。逆に、なにもさえぎるもののない、東西南の海原から、そよ風がふきつける町なかは、潮の香りに鼻をつまめば、夏のスキーリゾートかと勘違いしそうな涼しさです。

そうそう、遠洋漁業が盛んだった港ならどこでも、商店街で、共通して目につくお店が三つあるんですが、わかりますか？

ひとつは、花屋。出航する船乗りに贈るため、それに、かえってきた船乗りが買って、会うのを待ち望んでいた女にもっていくため。

もうひとつは、散髪屋。わかりますよね、何ヶ月ものあいだ、潮風と陽ざしに焼かれつづけた髪を、颯爽と切り落とし、整え、人心地つく。ことばの正確な意味で、人間にもどる。

そして最後が、靴屋。船乗りが陸にあがってまっさきにするのは、靴の買い換えです。ゴム長靴が悪いわけじゃない。揺れ動く船倉やずぶ濡れの甲板じゃあ、防水加工の長靴がいちばんです。でも、陸にあがってからは話が別です。揺るぎのない、固い地面の上じゃあ。

さっきいったでしょう、靴は、人間と地面をつなぐ「橋」だと。港についた船乗りたちは、ひとりひとり、自分の足にかけられた、真新しい橋を伝い、それぞれの堅固な地面を踏みしめます。そうして、ひさしぶりに味わう、揺るぎのない安堵感に、乳をもらった子犬みたいに、からだの芯からふるえるんです。

日中たまに、そんな靴屋の奥に、ヤンの姿を見かけることがありました。意外におもわなかった、というと嘘になります。だって、いくら船乗りにとって靴が大切、っていったって、このあたりの靴屋に、ヤンの趣味に合う一足が見つかるなんて、とうていおもえませんからね。なのにヤンときたら、店の主人ばかりでなく、船からあがりたての若い船乗りなんかと、熱心に話し込んでいます。店の外から眺めてただけですから、よくは見えませんでしたが、時折しゃがみこんで、足もとをもぞもぞさせたりして。すると、船員たちのほうも両足をもぞもぞ動かして、どうやら、全員でなにか、脱いだり履いたり、くりかえしているようなのです。

あれは、珍しく風がなく、昼の熱気が港にこもりきった夜でした。料理屋で、たまたま隣のテーブルに案内されたとき（港の料理屋は四軒だけでした）、

「今日、市場正面の靴屋で見かけましたよ」

と話をむけてみると、ヤンは目を瞬かせ、いたずらっぽく、ひゅっと口笛を鳴らしました。

「いったい、あんな店で、なにやってたんです」

「靴の見せあいっこさ」

とヤンはこたえました。黄色く揺れる電灯の下、ヤンの皿はもう片づけられていて、テーブルにはライムのはいったジンのグラスだけ。何杯目かはわかりませんが、瞳はもう、夜の海みたいに深くうるんでいます。

「アメリカ人の船乗りが、北極圏の土地をふんだ長靴を見せてくれた。嗅がせてもくれたよ。いろんなのに混じって、緑っぽい匂いがする、っていったら、コケだって。グリーンランドのコケは、あらゆる生物のなかで、一、二をあらそうくらい長生きなんだそうだ」

遠洋航海あがりの船員の長靴の匂いを、食事中に想像する気にはなれませんでした。ヤンはグラスをこつこつはじきながら、

「長靴だけじゃない。船員たちのスニーカー、サンダル、マリンシューズまで、俺が触ったことのない靴の博覧会さ。そうした靴の持ち主が、これまでふんできた国、船、土、かぶってきた水、同じものはひとつとしてない。それでいて、船で旅してきた靴ってのは、脱いでもらったのをつくづく見ると、どれも、独特の気配をただよわせてる」

わたしは黙ってきいています。

ヤンはグラスに残ったジンを口に含むと、少し間をおいて、

「船員たちのきかせてくれる、ほら話とおんなじさ。歩きまわってるうちに、そうと気づいたんだ。船をおりた船員らと、船員らの話、それに船員らの靴は、陸の上の俺たちみたいに、重力にとらわれてない。なんていうかな、この世から、ほんのちょっとばかし浮かんでるように見える。誰もが、そんな光、そんな空

気を、背中から足にかけてまとってるんだ。そして何日かたてば、宙に浮かんだまんま、船の甲板へ、海原へとかえってく」

「あの、ヤン」

わたしは口をひらきます。

「船乗りになりたいって、おもったこと、ありますか？　あるいは、こどもの頃、船乗りに憧れたことは？」

「よせよ、この年だぜ」

ウエイターのもってきた新しいグラスの中身をゆっくりと口に含むと、

「憧れるもなにもないよ。ガキの頃、ずっと裸足だった。否応なしにな」

ヤンはゆったりとした呼吸で話しました。

「穴にもぐり、泥をかぶった。暇がありゃぶん殴られた。拳で、鞭で、そこらへんにある固いなんかで。時間なんてわからない。いまも、明日もない。ただ、足の裏の感覚だけがあった。足の下の土地の冷たさ、熱さ、起伏に凹凸、あらゆる情報を、からだの奥の暗いところに貯めこんでた。いつかその、俺のうまれたひどい村から、ひとりで出て行けるようにな」

話の内容に反し、ヤンは愉快げでした。ちょっと悪魔的といっていいような。わたしといっしょにいないときのヤンの顔がいま目の前にある、とおもい、わたしは背もたれに深くもたれすわり直しました。ヤンはつづけます。
「十二のとき、俺は黙ってそうした。裸足で道をたどり、ほとんど素っ裸で、家畜を運ぶ貨物列車に転がりこんだ。何百ものビルのてっぺんが雲につき刺さってる都市にたどりついてな、いくつかの職を経てから仲買人になった。数字で記された株価や為替の上がり下がりなんて、裸足で味わった地面や道の起伏にくらべたら、紐を手でたぐってくより簡単に読める。俺が靴にとりつかれた理由は、職人技や気品、かたちだけなんかじゃない。俺の素足を、この世の荒れきった地面から守ってくれるんだ、本来、靴ってのは、全部な。どこの、どんな馬鹿野郎が作ろうが！」

ヤンは、おもむろに、テーブルの下から右の足を引きだし、わたしのテーブルとの間のタイル張りの床に、たん、と音をたてておろしました。二百年ほど昔、北方の港町で焼かれたとおもわれる、農夫や羊や風車が、木訥《ぼくとつ》な筆で描かれたそのタイルの上に、黒く細長いかたまりが乗っかっていました。もちろん靴です。皺だらけでヒビのいった、あきらかに模造皮革。安っぽい金具のついた飾りベルトがくるぶしあたりを取り巻いている。靴底は、見なくてもわかりますが、すり切れてはげちょろのゴム張りに決まっています。もちろん、ヤンが持ってきた靴箱のどれかに、この一足が、はいっていたわけがありません。

しかも、くるぶしがむきだしに見えます。ヤンは素足です！

わたしの胸のうちを読み取って、ヤンはいいました。

「そのとおり。今日、この港で手に入れた。交換したのさ。南氷洋でマグロを追ってた船の通信士と、スエードのタッセルローファーと引き替えに」

わたしは、なにか黒い毛むくじゃらを踏んだ気分がしました。

「おい、変な顔するなよ」

少しむくれた声でヤンはつづけます。

「俺はじっさい、履いてみて、こいつが『気に入った』んだ！ ボロだろうが、イタリア製の羊革張りだろうが、靴は靴だ！」

「そういうことじゃ、ありません」

喉のかたまりをもてあましつつ、わたしはこたえます。

「どんな靴も、たしかに、靴は靴です。ですが……」

そのあとのことばを、わたしは、喉のかたまりの上に、さらに飲みこんで重ねました。おもい直したんです。無邪気に喜ぶヤンに、余計な冷や水をぶっかける必要はないんじゃないか、ってね。

靴の仕事をしていると、いろんなジンクス、まじない、言い伝え、迷信に出会います。新しい靴はすぐ誰かに軽く踏んでもらわないと怪我をする。右の靴紐がほどけたら両思い、左だと片思い。新しい靴を夜おろさない。新しい靴を昼過ぎてから履くときは靴の裏をあぶる。大切な恋人には靴をプレゼントしてはいけない。靴を履く前に帽子をかぶってはいけない。一歳未満の赤ん坊には赤い靴を履かせる。などなど、いくらだってあげられます。

なかでも、他人の履き古した靴を履かない、というのは基本です。足の形や、歩きかたがちがうわけですから、怪我しやすいって、ふつう誰だってわかりますが、そんな理屈より、あきらかに不吉、と、そうおもわれませんか。見も知らない人間、しかも船乗りの、くたくたに履き古した靴を素足で履いて、地上をうろつきまわるだなんて。こどもでさえ、いたずらでもなけりゃあそんな真似しないでしょう。本能的にわかるんです。他人の履いた靴のなかは、いまにもくわえつこうと牙をむいてる、毛むくじゃらの闇なんです。

ヤンにはつまり、こども並みの常識すら持ち合わせがない。まあ、その邪気のなさ、内側のやわらかさが、ずっと地べたに貼りついて暮らしてきた、わたしなんかを惹きつけたのかもしれませんが。ヤンは靴を愛し、敬い、履けずに裸足で過ごすくらい、靴を大切におもってきました。そんな彼ならだいじょうぶかもしれない、わたしはそう感じたのだとおもいます。彼のいうように、靴は靴です。無邪気に、抱きすくめようと伸ばす赤ん坊の足を、よっぽどのことがないかぎり、食いちぎったりはしないのでは？　最終的には、なにかがヤンのくるぶしに、天使の羽根を授けてくれるんじゃないか、ってね。

　翌朝、部屋から廊下に出ていくヤンの足もとを見て息をのみました。船乗りのあの靴に、すっぽりおさまっているじゃありませんか。急いで着替え、靴を履き、もう宿の外に出ると、カパカパ靴音を鳴らしながら、ゆるやかな登り道を歩いていく、ヤンの姿が見えます。帽子屋のシャッターの角を曲がり、もう営業をはじめている散髪屋、花屋、散髪屋。氷屋の奥さんが舗道にホースで水をまいています。とんでもなく暑い日になりそうです。

ヤンはふりかえり、十メートルほど後ろで突っ立ったわたしに、

「なんでついてくる？」

　と訊ねました、心底ふしぎそうな顔で。

　わたしは微笑みをつくってこたえます。

「ちょうどこっちに、用事があるもので」

　花屋の裏手から太った猫があらわれ、悠然とした足取りで、道を横切っていきます。船具屋のコンクリート塀に、夏に雪が積もっているかとおもったら、ぎっしりとカモメが留まっているのです。港町の舗道はゆるくあがったりさがったり、妙なかたちに曲がったりして、あてどなく歩いているうち、おもいもよ

らぬところへ出ます。最初に声をかけて以来、ヤンは一度もふりかえりません。写真館の交差点を港のほうへおりる前から、潮騒みたいなざわめきが漏れきこえてきます。角を曲がったそこは、まだ暗いうちから開けている朝定食の店で、若い船員や水兵たちが、碗や皿を口元につけたまま、店内から舗道へあふれ出ています。

ヤンは、魚とじゃがいもをブイヨンで煮込んだスープを頼み、押し合いへし合いする船乗りたちに身を任せながら、嬉しそうに平らげていきます。店の外から見ると、額から頬から、もうすっかり日に焼けて、まるで、船をあがってしばらく経つ、ベテラン航海士に見えなくもない。わたしは舗道に立ち、待っています。店の裏路地からきじとらの猫があらわれ、喧噪に気をとめず、コンクリートの坂をくだっていきます。

花をいっぱいに積んだライトバン。ふたり腕を組み、にじるような歩調で散歩する年老いた夫婦。開けはなたれたバーのドアと、逆立ちで虫干しされるいくつものスツール。顔をあげれば、すべてを焦げ付かせそうな太陽と、青ペンキをぶちまけたように、一点の曇りもなく晴れ渡った空。その真下、カパカパ音をたてながら、おぼつかない足取りで、ヤンは歩いていきます。そうして、「ねこざめ亭」という店の看板をまがり、朝の埠頭に出ます。

強すぎて、すべてを純白に染めぬいてしまう陽ざし。揮発臭まじりのぬるい潮風が、軽トラックの窓からつきだした左右の長靴にあたっている（なかで寝そべっている誰かの足）。

太陽は頭上で狂ったパイプオルガンみたいに光をまき散らしています。夜明け前から竿をふるっていた釣り人たちは日陰にはいり、当たり前のように、とっくに道具の片付けにはいっている。埠頭の真っ白な日なたで動くものはなにもありません。漁船や練習船のマストの旗は、熱にやられてしまったかのように、沈黙のままうなだれています。

そんな真っ白な光のなかへ、ヤンは、歩みこんでいくのです。カパカパ、カパカパ、ゴム底がコンクリートに当たって、なにかをあざ笑っているよう。カパカパ、カパカパ。釣り人はいない、猫もいない。からまりあった釣り糸が、熱風に押されてか、くるくるとまわりながら地面を自走してくる。わたしはヤンのむこうの海面を見ました。ところどころ気泡の湧いた紺色の鉄板のようでした。わたしはここで歩調を早め、ヤンを追いかけはじめました。

「ヤン！」

わたしは叫びます。ヤンはふりかえらない。

「ヤン、とまれ！」

埠頭のすべてが、どこかおかしい。すべて、あるべきところに収まっているのに、どうしようもなくずれている。あるいは、ふらふら宙に浮かんで揺れている。堅固さ、揺るぎのなさを失って。「靴みがきの目」です。なんで気づかなかったんだ。あの靴は、ヤンを、いってはならない場所へと連れ去ろうとしている！

ヤンはたちどまります。岸壁から五メートル離れたコンクリートの上。ちがう、正確には、赤茶色に錆びついたマンホールの真上に。わたしは走る。風景が一瞬、とりかえしようもなく歪む。ヤンはわたしを見て、たったいま目ざめたこどものような顔で、まばたきをしている。

「ヤン、ちがう！　そこにいちゃいけない！」

わたしは飛びつく。ヤンがのけぞり、わたしの左足がマンホールに着地した瞬間、コンクリートの埠頭ごと、地面が爆発する。地上のすべてが宙に投げだされ、すべてを真っ白に染めていた光が今度は音までもかき消し、静寂よりいっそう激烈な無音のなか、わたしとヤンはたがいにちがう方向へ吹っ飛ばされていました。もんどり打って背中から落ちたらしいですが、もちろん記憶には、なんにもありません。

ただね、吹き飛ばされた瞬間、青空が見えて、その青のなかに、真っ黒い靴がすっ飛んでいくのが見えたような気がします。わたしの靴も黒でしたし、どっちだったんでしょうねえ、右の靴か、左の靴だったたか。

わたしたちふたりとも、三日後に目をさましました。埠頭近くの、海員病院の大部屋で。船の上じゃ、折ったり刺さったりちょんぎれたりはしょっちゅうだから、港に近い病院って、外科医に限ってはめっぽう腕がいいんです。

わたしは枕で首を曲げ、左側に横たわるヤンを見ました。ヤンも枕から、こちらを見つめています。頭から首まで、冷凍保存された干し肉みたいに、包帯でぐるぐる巻きです。ヤンが口をゆっくりと動かして、くりかえし、なにかいっていますが、声は喉からでていません。

定年ということばを知らないらしい、超ベテランの看護婦、たぶん八十近いでしょう、その婆さんがわたしたちの間に割ってはいり、手動の血圧計をしゅっこしゅっこ膨らませながら、

「あんたらには、鏡はいらないね。おたがい、寸分違わずそっくりだ」

そういって、ガラガラ声で笑いました。わたしも声がだせません。が、婆さんが匙で食べさせてくれる流動食は口にはいります。ヤン、わたし、ヤン、わたし。まるで生まれたての雛にエサをやる母鳥のようです。

婆さんの話でいろんなことが知れました。マンホールの爆発は、ダイナマイト漁でした。コンクリートの埠頭が真っ二つに折れたそうです。ダイナマイト漁

の密猟者が、マンホールのなかに捨てるか、隠すかしたものが、あの真っ白な炎暑によって、自然発火したらしい。あのままぼーっとマンホールの上に立っていたら、ヤンはいまごろ、黒い無数の粒子となって、港の上空を漫然とただよっていたはずです。

包帯を変えながら、婆さんはくつくつ笑います。

「黒ひげ危機一髪か、離婚するノミみたいに飛んだってよ、あんたたちふたり、反対側へ、ものの見事に」

ただ、婆さんはおそらく、あえて口にださなかったんだとおもいます。同じような目にあった人間の扱いを、港町の年老いた看護婦は、完璧に心得ているものです。婆さんがいったとおり、わたしたちは、文字どおり、鏡に映したようにそっくりになっていた。誰にことばで教えられなくてもわたしたちにはわかっていました。あの瞬間、ふたりは埠頭で、マンホールの上で、まるできょうだいのように並んでいたのですから。

ヤンは、右でした。わたしは、左の足首から下を、きれいさっぱり失っていました。わたしたちの履いていた靴も、左と右の、足首から下も、どこにも見当たらなかったそうです。粉々に消え去ったか、あるいは、腹を空かせた魚たちのエサになったのかもしれません。

婆さんの罵声、激励のおかげでしょうか、わたしたちは日ごとに血色を取り戻してゆきました。リハビリも、ひとりでやるより、同じ目に遭ったふたりで競い合ったほうが、より順調に進むものです。個室に移って、およそ十日のうちに、わたしたちの松葉杖使いは完璧になりました。最後の夜には、婆さんがこっそりもちこんでくれた安いスパークリングワインで乾杯しました。まるで生ハムみたいな足の断面を見せあってみると、やはり、石膏で型をとったようにそっくりでした。

その夜、遠く波音のきこえる真っ暗な病室で、灰色の天井を見つめているとき、ヤンが声をかけてきました。わたしが枕の上でふりむくと、ヤンは、大部屋で目をさましたときにいったことを、今度は声にだしていいました。その声は、耳でなく、わたしの肉、わたしの底に、じかに触るみたいに響いてきました。

「俺は、死ぬまで、おまえの左の靴になる」

とヤンはいいました。

「おまえは、俺の、一生の右靴になってくれ」

さ、終わりました、と職人はいって、まっすぐに身を起こした。靴底に霧がはりついたみたいに、僕の足は軽くなっていた。

求められた代金は、このあたりの相場からかけ離れて高かった。が、靴を見下ろせば、それくらいの値打ちはある、と感じた。それに、聞かされた長い長い話に、なにしろ、僕は圧倒されていた。

「いまも、ヤンさんとおつきあいはあるんですか」

財布をポケットに収めつつ訊ねてみると、スイングトップの肩を揺らせ、

「もちろんです」と、職人はこたえた。そうして時計台をふりむき、「ああ、いけない、仕事に熱中して時間を忘れてた。今日も約束してるんです。夕食をいっしょにとろうってね」

職人は手早く道具類を片付けはじめる。前掛けをとると右足首から下があらわれ、僕はおもわず、あ、と声をあげてしまう。磨きたてのぴかぴか、けれども、世紀をこえた風格をまとったフルブローグ、「オールド・チャーチ」が、職人の右足を、焦げ茶色の大聖堂のように包んでいる。僕の目線に気づくや、職人は肩をすくめて、

「もちろん、ヤンのコレクションのひとつです。わたしは断ったんですけどね、これまで集めた靴の全部、左は自分、右はわたしが履く、って、そんな決まりを、むこうで勝手に作っちまって。ヤンらしいでしょう。こどもっぽい、っていうより、いま時こどもだって、そんなことおもいつきませんや」

「月火水木金土日、毎日ですか？」

「月火水木金土日、毎日です。これは今週の金曜の靴」職人はあいまいに微笑んだ。「わたしたちは、靴で、人生を分け合ってるんです」

手製の椅子まで、小ぶりなバックパックにすべて収めてしまうと、松葉杖をとり、じゃあ、といって職人は僕に背をむけた。鳩たちが花びらのように飛びたった。杖をつき、足を運び、杖をつき、足を運び。時計台の鐘が鳴る。大聖堂の靴が、冷えた地面を、踏みしめ、踏みしめ、踏みしめ、雑踏のなかへ。

隣にすわった浅黒い顔の靴みがき職人が、

「あんたもつきあわされちまったね」

と声をかけてきた。

「でたらめな駄ぼらさ。もともとは、船乗りだったってえ話だが、あの足、先月は、南洋でサメにかじられたって話してたぜ。ほんとのことはわからねえ。ま、次にきたときゃ、気をつけるこったな」

僕は軽く肩をすくめた。職人の、さっきの仕草にそっくりなことにすぐ気づいた。いまの話がほんとうかどうか、僕にもわからない。職人は実はいまから、安食堂で背を丸め、たったひとりで食事をとるのかもしれない。ひょっとして、職人こそ、ヤン本人なのかもしれない。すべて、もと船乗りの「駄ぼら」なのかもしれない。

でもいいんだ。僕はいま、目の前に、奇跡を見てる。

初冬の陽ざしがやわらかに広がる、公園通り。ひとの行きかうなか、杖をつきつき遠ざかっていく、職人の右足の、オールド・チャーチの靴底は、落ち葉の降り積もった舗道から、見まがいようもなく、三センチほど宙に浮かんでいる。

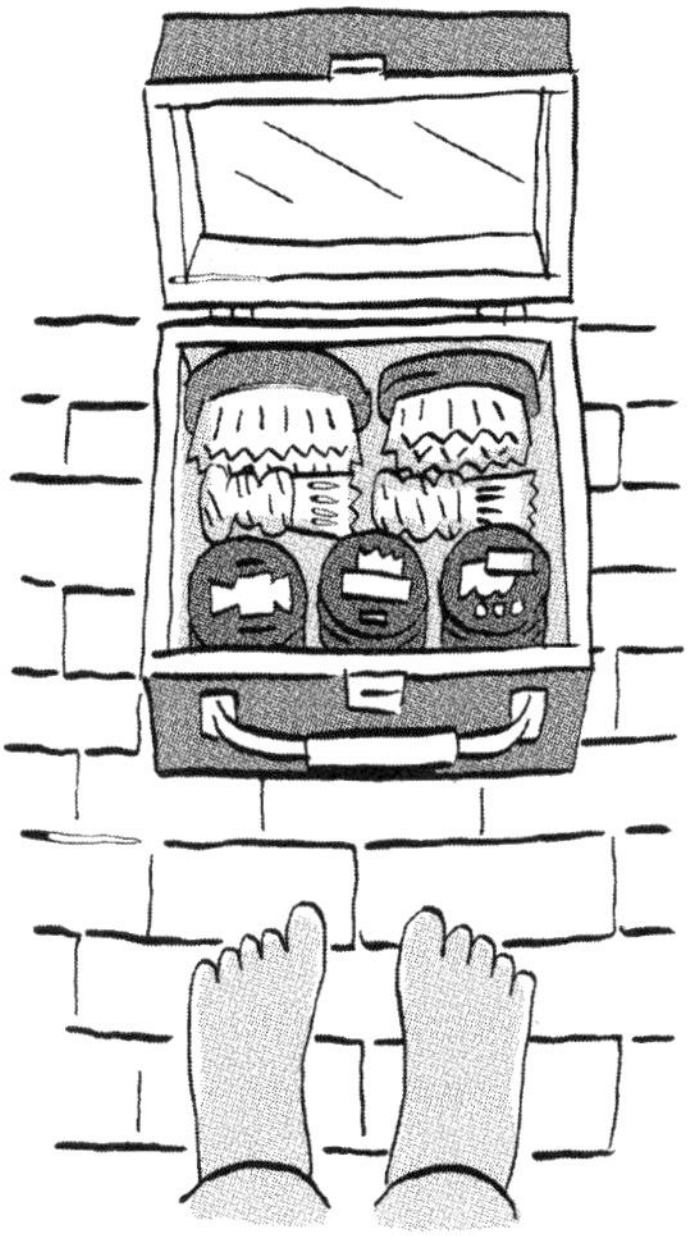

靴のこと、聞いてみました。

回答者：千葉聡

靴にまつわるQ&A

Q1. 靴を選ぶときに外せないポイントは何ですか？

雨の日にも履けるかどうか。雨が気持ちいい日には、思わず駆けだしたくなるので。

Q2. いま一番欲しいのはどんな靴ですか？

水の上を歩ける靴。朝いちばんに、静かな湖の上を歩いてみたい。

Q3. もし靴になるなら、どんな靴になりたいですか？

ランニングシューズ。人生におけるさまざまな変化を楽しみます。

Q4.

もし靴の妖精がいるとすれば……想像して書いてみてください。

靴の中に住んでいて、夜中になると補修作業をしてくれる。「もう、こんなに靴底がすり減ってる！」と嘆きながら、なんとか靴を使えるようにしようと奮闘してくれる。

千葉　聡
1968年生まれ。歌人、高校教諭。短歌誌「かばん」会員。第41回短歌研究新人賞受賞。著書に『今日の放課後、短歌部へ！』（KADOKAWA）、『短歌は最強アイテム―高校生活の悩みに効きます』（岩波ジュニア新書）など。月刊「短歌研究」にてエッセイ「人生処方歌集」を連載中。横浜市在住。
https://twitter.com/chibasato

回答者：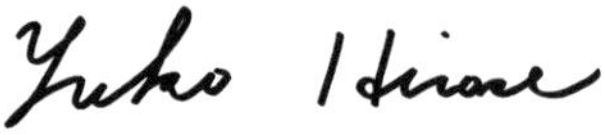

靴にまつわるQ&A

Q1. 靴を選ぶときに外せないポイントは何ですか？

歩きやすさ、と、靴の佇まい

Q2. いま一番欲しいのはどんな靴ですか？

身体の一部のような
足の一部のような
わたしの一部のような靴

Q3. もし靴になるなら、どんな靴になりたいですか？

身体の延長のような
足そのもののような
その人を現すような靴
そして、できれば、うつくしく
愛される靴

Q4.

もし靴の妖精がいるとすれば……想像して書いてみてください。

妖精は二種類います。
ふたり……というのでしょうか。

ひとりは、ちいさくて、靴のなかにかくれるくらい
靴のメンテナンスを夜中にこっそりしてくれて
ときどき、ブツブツひとりごとを言います。

もうひとりは、人のような佇まいで
うつくしい靴を愛し
その靴が似合う人を探し
その人の手にとどくように
そういう場面を偶然のようにつくります。

広瀬裕子
1965年生まれ。エッセイスト、編集者、設計事務所ディレクター。こころとからだ、日々の時間、食べるもの、つかうもの、目に見えるもの、見えないものを大切に思い、表現している。著書に「50歳からはじまるあたらしい暮らし」（PHP研究所）、「手にするものしないもの　残すもの残さないもの」（オレンジページ）ほか。2017年より瀬戸内近くに住まいを移す。
http://hiroseyuko.com

回答者：大竹昭子

靴にまつわるQ&A

Q1. 靴を選ぶときに外せないポイントは何ですか？

履き心地、つぎにデザイン

Q2. いま一番欲しいのはどんな靴ですか？

長いこと歩いても疲れない、雨に濡れても大丈夫な、それでいて重すぎない靴

Q3. もし靴になるなら、どんな靴になりたいですか？

その人がもっとも長く履くことになる靴

Q4.

もし靴の妖精がいるとすれば……想像して書いてみてください。

靴の妖精はふたりいて、ひとりは靴底のところに、
もうひとりは中敷のあいだにいる。
前者は起伏をとらえる巧みな手足を、
後者はよく利く鼻をもっている。

大竹昭子
1950年生まれ。作家。小説、エッセイ、ノンフィクション、写真評論、書評、映画評など、ジャンルを横断して執筆。トークと朗読の会〈カタリココ〉主催。著書に「図鑑少年」(小学館)、「この写真がすごい」(朝日出版社)、「ニューヨーク1980」(赤々舎)、「間取りと妄想」(亜紀書房)、「須賀敦子の旅路」(文春文庫)ほか。東京都在住。
http://katarikoko.blog40.fc2.com

回答者：近藤良平

靴にまつわるQ&A

Q1.

靴を選ぶときに外せないポイントは何ですか？

紐ですかね。「スポッ！」と履ける靴ではなく「スポッ！」と履いて「キュッ！」と締める靴がよい。
この「キュッ！」の過程が重要だ。それで一日が始まる、そんな気持ちにさせてくれる紐付きの靴。

Q2.

いま一番欲しいのはどんな靴ですか？

なにげに「サドルシューズ」が欲しい。あのリーガルなどが出していたツートンの1970年代あたりのちょい丸みを帯びたボーリングシューズみたいな靴。もちろん紐付き。

Q3.

もし靴になるなら、どんな靴になりたいですか？

本編でも書いたが、夢のサッカーシューズ。オールドスタイルの本革がいい。靴にとっては、サッカーボールをヘディングするようなものだ。強くて頼もしく、激しく履いても、どんな屈強な場所にもへっちゃらなそんな靴がいい。

Q4.

もし靴の妖精がいるとすれば……想像して書いてみてください。

あえて名前をつけるなら「ナレンとゴコチ」
ナレンは
いつも好き勝手で落ち着きがなく
ブツブツ言っている。
ゴコチは
穏やかでいつもそばにいて、
優しくつぶやいている。

近藤良平
1968年生まれ。ダンサー、振付家。学ランを着用する男性だけのダンスカンパニー「コンドルズ」主宰。国内をはじめ数多くの海外公演ツアーもこなす。2004年に第四回朝日舞台芸術賞・寺山修司賞、2017年に第67回芸術選奨文部科学大臣賞を受賞。テレビや舞台、ミュージシャンのPVなどで振付家として活躍するほか、女子美術大学、立教大学などの非常勤講師も務めている。東京都在住。
http://www.condors.jp

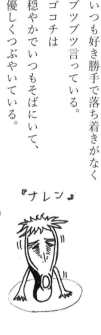

回答者：いしいしんじ

靴にまつわるQ&A

Q1. **靴を選ぶときに外せないポイントは何ですか？**

踏んばったとき、まるで裸足みたいに、親指の腹に、地面を踏みしめる感触がしっかり伝わってくること。

Q2. **いま一番欲しいのはどんな靴ですか？**

裸足のままの靴

Q3. **もし靴になるなら、どんな靴になりたいですか？**

下駄

Q4.

もし靴の妖精がいるとすれば……想像して書いてみてください。

気取ってなにか話そうと胸をはるたび、
靴底の下に踏まれてぺしゃんこになる。

いしいしんじ
1966年生まれ。作家。著書に「アムステルダムの犬」（講談社）、「ぶらんこ乗り」（新潮社）、「トリツカレ男」（新潮社）、「悪声」（文藝春秋）ほか。「麦ふみクーツェ」（新潮社）で坪田譲治文学賞受賞。京都府在住。
http://www.mao55.net/gohan/

◆ 靴のおはなしについて ◆

今日は靴を履いて出かけよう。

そう意識することもないくらい、当たり前に靴を履いて外出する、ほとんどの人がそんな毎日を送っていることと思います。

私たち「ループ舎」は、奈良で靴屋をしています。お店ではたくさんの方と靴選びについて会話を交わします。

「今度、息子の卒業式があるんです。きちんとした靴が欲しくて」

「立ち仕事をしているので、疲れにくい靴を見にきました」

そうなのですね、などとお話を進めていくうちに、はじめは靴のことを話していたはずなのに、お客さま自身のお話になっていくことがよくあります。その脱線話はふたつと同じものはなく、興味深いものばかり。

靴の数だけストーリーがある。靴にスポットをあてることで、いろんな情景が浮かび上がってきたらおもしろいなあ。

そんなお店での会話が発想となり、「靴のおはなし」が誕生しました。

靴にまつわる様々な情景を見てみたい、という思いだけで、5名の方に靴をテーマにしたお話の執筆を依頼しました。小説家、エッセイスト、歌人、振付家。活動されている分野は違えども、みなさん共に、独自の視点で世界を見て、表現されている方々です。個性が光る、ぜいたくな靴の本が出来上がりました。

ちょっとお出かけするときに、足元はいつもの靴、手にはこの本を携えていただけましたら、嬉しさを飛び越え舞い上がってしまう思いです。「靴のおはなし」をきっかけに、みなさまの日々が、ほんの少し、愉快に広がりますように。

最後となりましたが、本の制作にあたり、お力添えをいただきました方々に心から感謝いたします。ありがとうございます。

読者のみなさまからの「私の話も聞いて!」も大歓迎です。一緒に靴のお話をしましょう。

ループ舎　編集部

靴のおはなし　1

2018年5月24日　初版発行

著　者　いしいしんじ
大竹昭子
近藤良平
千葉聡
広瀬裕子

発行者　宮川敦

編　集　服部多圭子

発行・発売　ループ舎
〒630-8385　奈良県奈良市芝突抜町8-1
電話：0742-93-7786
ファックス：0742-90-1444
ウェブサイト：www.loopsha.jp

印刷・製本　株式会社シナノ

定価はカバーに表示してあります。

Printed in Japan
ISBN 978-4-9909782-0-4 C0093